# DEALER

KADER

# DEALER

*Préface de Yann Moix*

SCALI

80, rue du Faubourg Saint-Denis
75010 Paris
ISBN 2-35012-035-X

## TABLE

# PRÉFACE

## LA FRANCE NE (PAR)DONNE RIEN

*Par Yann Moix*

La Porte de Clignancourt est une porte, mais une porte ouverte. Ceux qui y vivent, comme Kader et ses amis, n'ont pas envie de la fermer. Porte de Clignancourt, il y a un écrivain de plus ; ce livre, qui est aussi un roman d'aventures, est là pour le prouver.

On ne connaît jamais rien de la société dans laquelle on vit : voici un extrait, voici un morceau de société dans laquelle on vit. Rien, dans le livre de Kader, n'est brutal, à part, peut-être, à part sans doute la vie. Ce n'est pas la vie de tout le monde, mais on va s'apercevoir, très vite, en lisant ces pages, que ce n'est pas la vie de personne. Et qu'on peut faire n'importe quoi sans, pour autant, être n'importe qui. Kader ne fait pas un concours du plus malin, ni du plus fort : mais en sincérité, j'avoue qu'il m'a bluffé ; c'est en sincérité qu'il est le plus fort. C'est en émotion, qu'il est le meilleur (en tout cas, et de loin, le meilleur du quartier). Personne, ici, ne tire la moindre gloire de connaître la rue mieux que personne.

Ceux qui sont arrivés en France sans carton d'invitation poliment rédigé en sont pour leurs frais : la France n'a pas eu grand-chose à leur donner, et encore moins à leur pardonner. La France ne donne rien et ne pardonne rien.

En attendant, il faut bien vivre ; écrire un livre, c'est toujours pour plus tard. En général on les écrit en prison : Kader a décidé qu'il l'écrirait en attendant d'y aller, ce qui est une preuve d'impatience et en même temps de sagesse. Je croise Kader souvent, dans le quartier ; nous sommes voisins. J'espère que le quota d'écrivains est rempli : deux, c'est suffisant. Que les autres restent dans le Quartier Latin, ils s'y sentiront toujours mieux, je crois.

Le plus important, c'est de vivre ce livre ; de le vivre comme Kader l'a écrit. Et de le lire comme Kader l'a vécu : sans rature, mais avec des plaies ; sans aigreur, mais en le lacérant parfois de colères – ce qui fait toujours la meilleure littérature, même quand l'auteur ne prétend pas, c'est le cas, être romancier.

# *Préface*

Sans prétention, d'accord, mais avec les quelques hématomes que les livres qui en sont des vrais exigent ; c'est en se consacrant à l'aventure qu'on devient vivant ; Kader n'a pas une existence d'expert-comptable, mais ce qu'il raconte ici intéressera quand même ceux qui ne veulent plus lire. Parce que la vie est ailleurs ; dans l'écriture, notamment.

*Ce livre est dédié à*
*Abdoulaye Baldé, joueur de foot à Amiens, ligue 2. Originaire de Clignancourt, XVIIIe, il porte dans son équipe le numéro 18. Il a su s'en sortir en restant humble. Et il marque des buts.*
*MO. D. MO., groupe de rap de Clignancourt, XVIIIe,*
*La Scred connection, groupe de rap de Barbès, XVIIIe, qui montre une autre image du quartier,*
*Aux zonards du XVIIIe, maltraités par les keufs, alors qu'ils s'amusent au pied de leur immeuble,*
*Christelle Lépine, qui a grave assuré lors de ma dernière peine et pour tout le reste.*

*Merci aussi à*
*Yann Moix, du XVIIIe, qui m'a donné ma chance,*
*Bertil Scali, du XVIIIe, qui m'a fait confiance,*
*mon « psy perso » Paul-Éric Blanrue, ex du XVIIIe,*
*aux familles Rizoug et Bentaleb,*
*Tatal et ses enfants,*
*Mémel et Abdel,*
*et à tous les enfoirés du tierquar !*

*Apprendre, c'est une vraie vacherie. J'ai appris à la dure.*
*Je ne recommande l'expérience à personne.*
James ELLROY, *Destination morgue*

*Mais quiconque se repent après son tort et se réforme,*
*Allah accepte son repentir.*
*Car Allah est, certes, Pardonneur et Miséricordieux.*
Le Saint Coran, sourate 5, verset 39

## AVANT-PROPOS

## JE NE DEALE PLUS

*Royal Clignancourt*. Je me sens vidé : j'ai rendu mon manuscrit et je dois chercher un boulot. Je ne fume plus de shit. Les journées paraissent plus longues. Je lance ce livre comme une bouteille à la mer. Ça passe ou ça casse.

Je suis responsable de mes cinq demi-frères. J'ai dealé. Je ne deale plus. Maintenant, je vais vivre. Mais ni du RMI, ni de la drogue. Je vais vivre tout court.

Et si je trouve pas de boulot, j'en trouverai quand même. Pas aussi bien payé que l'ancien : quand tu deales, t'es riche. Riche, je risque de ne plus l'être avant longtemps.

Pas grave : je serai riche d'autre chose. Tu parles !

Les gens ne s'aperçoivent pas à quel point cesser le deal, c'est comme se faire licencier d'une grande entreprise comme cadre sup', mais sans indemnités, sans chômage, sans sécu et sans retraite.

Attendant son jugement, le Kader d'aujourd'hui n'est plus le Kader d'hier. Mais, hélas, le Kader d'hier risque d'emmener avec lui en prison le Kader d'aujourd'hui.

**Porte de Clignancourt, 12 septembre 2005.**

# DANS L'ATTENTE DU JUGEMENT

Sonnerie à la porte. Je sursaute. Tu parles d'un réveil.

Ma mère : « Qui est là ?». Pas de réponse, ça sonne de nouveau. A ma montre : 9 h 30. C'est quoi, ce plan ? Personne ne monte dans le F2 à cette heure-ci.

Kaïa, la femelle pittbull de ma mère, remue mollement la queue. Paulo, mon branleur de demi-frère, s'étire en bâillant sur un coussin du salon marocain qu'on se partage pour la nuit (dans cette foutue pièce, on y dort à trois : le clebs, Paulo et moi).

Tout le monde a l'air de s'en taper, ma mère la première,

qui se dirige vers l'entrée d'un pas décidé. Elle ouvre à tout le monde. Elle aurait été parfaite dans la série des *Deschiens* de Canal + : la naïveté incarnée.

Je n'aime pas ça du tout, les sonneries matinales impromptues. Je tressaille. Je l'entends causer avec un type sur le palier. Je tends l'oreille, fébrile. C'est paisible, on dirait. Si ça se passe bien, ce ne sont pas les keufs. Pas du genre à perdre leur temps en discussions courtoises.

La porte se referme. Bon, tout va bien. Les flics, ce n'est pas pour aujourd'hui. La journée peut commencer.

« C'était qui ?
– Le facteur avec une lettre recommandée. Pour toi. »

Pour moi ? Putain, ça recommence. Ma mère décachette l'enveloppe.

« Tribunal de grande instance...
– Y-a quoi dedans ? »

Aïe, ça sent mauvais. Ma mère ne se fait plus d'illusions. Elle me tend le papier et part vaquer à ses occupations ménagères, me laissant seul avec les emmerdements du jour. Les palpitations reprennent. Le juge m'écrit par l'intermédiaire du greffe.

Et voilà, ça devait finir par arriver, mon dossier est clos, je n'ai plus qu'à attendre tranquillement (tu penses), la date de mon jugement.

Mon jugement. Plus l'échéance est éloignée, mieux ça vaut pour moi. Moi non plus, je ne me fais pas beaucoup d'illusions. Je profite de ma liberté autant que je peux, au jour le jour. Je la bois au goulot, je lui caresse les hanches.

Je pose la lettre à terre. Il faut que je prenne l'air. Chiottes, douche, je m'habille, laisse Paulo (mon demi-frère que ma mère a eu avec Carlos, dont tu feras la connaissance dans le chapitre suivant) jouer comme un malade à la *Play Station* – il ne fera rien d'autre de la journée, tu peux en être sûr – et sors acheter *Le Parisien* et *L'Équipe*, sur lesquels je ne jette qu'un œil distrait. Il y a des jours où les exploits sportifs et les faits-divers te laissent indifférent.

Café *Le Prince,* Clignancourt. Mes potes sont déjà là, tirant sur leurs clopes, attablés devant leur *expresso*. Ils discutent de tout et de rien. Avec ma tronche de sursitaire, je les informe du recommandé qui vient de me tomber dessus comme la foudre. Ils ont décidé de se la jouer optimiste :

« T'inquiète. Si on t'a laissé sortir en provisoire, c'est que t'auras rien ! »

Ils rêvent. Chez moi, les clignotants sont au rouge à tous les étages. Mes souvenirs n'ont rien d'euphorisant. Mon pote Morgan, un gars du quartier, est tombé pour une affaire de bagarre. Le jour de son jugement, il avait un boulot et sa femme venait d'accoucher : tous les bonus. Résultat, il a écopé de trois ans fermes. Largesse de la justice.

Or, moi, je n'ai rien de tout ça, ni taf, ni meuf, et pour couronner le tout, j'ai une authentique tête d'Arabe. Pronostic ?

Près de trois ans que cette affaire me colle aux baskets. Avec, excuse du peu, un an de préventive à la Santé. Pas de quoi voir l'avenir en rose, à vue de nez.

Tout a pourtant commencé comme une gaminerie. Je suis du genre espiègle, que veux-tu. Quand on me demande quelque chose, je réponds toujours oui. Même quand je ne sais pas, même quand je ne devrais pas. Sur ce coup-là, je n'aurais pas dû, c'est sûr. À malin, malin et demi...

Est-ce que ça t'est déjà arrivé d'acheter des galettes – comprends du *crack* – et de recevoir des amandes à la place sans t'en apercevoir ? Si la réponse est affirmative, c'est que nous nous sommes peut-être croisés, toi et moi. Tout dépend de la quantité que tu demandes. Moi, par exemple, je ne fais d'entourloupe qu'à partir de dix, quinze galettes. Sinon, ce n'est pas assez lucratif.

Comment est-ce que je m'y prends pour te faire prendre des vessies pour des lanternes ? Très simple. Je vais au *Franprix*, où je pique une dizaine d'amandes (famille des rosacées), ensuite, au café *La Clairière*, où je les détaille délicatement. Pour finir, j'attends que le bolos se pointe et je les lui revends à la sauvette trente euros la galette. Il n'y voit que du feu. Ni vu ni connu. Et je me casse vite fait, avec un petit magot en poche.

Rien qui ne ressemble plus à une galette qu'une amande épluchée, il suffit de le savoir.

J'apprécie le principe du carottage, même s'il est à l'origine de mes déboires actuels. On se fait de beaux bénefs. En temps normal, on ne risque pas grand-chose non plus, parce que les bolos dépités vont rarement se plaindre au commissariat qu'un dealer s'est moqué d'eux. En plus, c'est amusant, et on n'a pas tant que ça de bonnes occasions de s'amuser, pas vrai ?

Un de mes plus beaux carottages me revient en mémoire, drôlement plus lucratif que les amandes. C'est ce brillant succès qui m'a entraîné sur une pente savonneuse, comme quoi il faut se méfier des jolis souvenirs.

Il y a cinq ans, une cliente branchée *rave party*, genre je m'habille en treillis mais j'habite chez mes parents friqués, une nana qui me prend une barrette de cent francs tous les deux jours, m'annonce ceci : elle fréquente des types qui veulent acheter du shit en gros. Je me méfie, j'hésite. Elle me relance. Je finis par rencontrer les mecs. On convient du prix : cinquante-cinq mille francs les dix kilos. Ça paraît beaucoup dans l'abstrait, mais au prix du cours, je sais que l'opération ne me rapportera pas beaucoup de blé. En 2 000, les dix kilos de save, je pouvais les acheter à quarante-cinq mille francs. Sur cette opération très risquée, je ne prendrai que dix mille francs. Alors, plutôt que de passer mon tour, je décide de rigoler à leurs dépens et de carotter ces messieurs-dames.

Je réfléchis à la mise en scène, à la façon dont je vais les mettre en confiance pour mieux les enfumer. On ne carotte pas comme ça. C'est un art, le carottage !

Je rends visite aux bolos en me faisant passer pour un intermédiaire. Pendant vingt minutes, je feins celui qui craint des représailles, ça crée l'ambiance, ça fait sérieux. Je prétends que les types pour lesquels je vends ne sont pas des plaisantins. Je leur mets presque la larme à l'œil, aux bolos, en leur disant que je risque ma vie si je ne suis pas payé rubis sur l'ongle. Du coup, ils ne se font pas prier pour me montrer le fric en liquide. Cela me permet de savoir que j'ai affaire à des gens qui ont les moyens et surtout, psychologie oblige, de retourner le soupçon de carottage sur eux et non sur moi.

Réglo en apparence, je leur montre un échantillon de dope, sans oublier, histoire de parfaire la mise en condition, de leur répéter que je risque ma vie, etc., etc. Mon pote Rachid Pro monte pour discuter la transaction. Au final, on décide de procéder à l'échange dans un lieu neutre, le tabac de la Porte de Clignancourt. Seulement, avant que l'échange n'ait lieu, Pro et moi avons fait un petit tour dans un lieu inconnu des bolos. Nous sommes passés au *Franprix* du coin faire de menues emplettes : à savoir dix kilos de savon de Marseille ! Nous scotchons la marchandise proprement, comme s'il s'agissait de shit en bonne et due forme. Même effet que les amandes, impressionnant de réalisme.

Lors de la vente, mystification totale. Les bolos vont aux toilettes pour vérifier si le shit est là. Pressés par le temps, embrumés par nos beaux discours, ils ne jettent qu'un vague coup d'œil aux paquets que nous avons confectionnés et l'affaire se conclut en un rien de temps. Il manque même un billet à la somme versée, que l'un des bolos, plus royaliste que le roi, se pique d'ajouter de sa poche.

Au bilan, Pro et moi gagnons chacun vingt-sept mille

cinq cents francs dans la combine. Gloire au *Franprix* et vive Marseille ! Allez l'O.M. !

Les réactions à l'arnaque ? Tu vas rire. Quelques minutes plus tard, mon portable sonne. Miss Underground se plaint de la galère dans laquelle elle patauge par ma faute. Je joue au con : « C'est pas possible ? Ah ! le fils de pute ! » Pendant ce temps, avec Pro, pendus à l'appareil, on se tape des barres de rire. Moi : « Je lâche pas l'affaire, fais-moi confiance. »

Je la rappelle un peu plus tard : « Écoute, je suis allé voir les types qui ont refourgué la marchandise à tes amis, ils m'ont dit que si je n'étais pas content, on me tirait dessus ! Mais si tu veux je viens avec toi et tes potes leur rendre visite, pas de problème… »

Étrangement, elle n'a jamais voulu que je lui indique le chemin.

La fois suivante, l'histoire devait se passer selon le même scénario. Peu de risques, beaucoup de thunes. Le destin en a voulu autrement.

Je récapitule. Un bolos, Al', devenu un ami au fil du temps, est un ancien chauffeur de maître. Un jour, un type se présente à sa copine et lui parle de Kamel, un chauffeur de Saoudiens. Lesquels Saoudiens veulent s'offrir un plan coke. Comme ce n'est pas son domaine, Al' me passe la main et me présente à son confrère, Kamel. Je note que ce Kamel tient beaucoup à ce que Al' reste présent lors de la transaction. Malheureusement, je n'en comprendrai la raison que trop tard.

Rendez-vous pris avec Kamel le lundi suivant. Lundi, jour fatal. Je sais bien qu'il ne faut jamais « travailler » un lundi. Trop de keufs à l'air libre, revenus du week-end en famille, disposant d'une semaine entière devant eux pour terrasser leur proie. Jamais de lundi, règle d'or. Mais comme moi je dis toujours oui, alors que veux-tu… J'ai dit oui.

Al' m'a donné la carte de son parking. Endroit idéal pour une transaction : deux entrées, deux sorties. Évidemment, je n'ai pas l'intention de vendre de la coke à Kamel mais, on l'aura compris, de le carotter sévèrement. Dans mon esprit, peu de bénéfices égale carottage en vue. J'ai donc préparé cent cinquante grammes de bicarbonate dans du plastique. On trouve du bicarbonate au *Franprix* pour une somme des plus modiques.

Le jour dit, sur la place Clignancourt, Kamel se pointe avec un soi-disant cousin. Dénommé Ahmed, le cousin affiche une vraie sale gueule de toxico. J'ai su plus tard qu'il ne l'était pas, mais qu'il respectait scrupuleusement le ramadan, régime qui l'amaigrissait terriblement.

Sur place, je me rends compte que le carottage prévu a du plomb dans l'aile. Je ne parviendrai pas à embrumer les deux types, plus coriaces que je ne l'avais imaginé. Plus prudents que les bolos des *raves*, ils ne veulent pas opérer dans le parking. Je révise mes plans et joins par portable un Rebeu de ma connaissance, un certain J.-C., qui finit par me lâcher les cent cinquante grammes de coke demandés. Le but : gagner leur confiance pour les carotter lors d'une prochaine transaction.

L'affaire va se conclure. Kamel se tire dans un bar, et pendant ce temps, je tends les cent cinquante grammes au « cousin », que je sens de plus en plus stressé. Mais qu'est-ce qu'il a le bolos ? Son comportement devient tellement désagréable que je lui lance : « C'est la dernière fois qu'on fait affaire ensemble. » Il me répond du tac au tac : « T'inquiète pas, c'est bien la dernière. » En effet…

A partir de là, je n'ai rien compris : balayette, patates, genoux sur la tête, je suis aplati au sol. Au début, je crois que ce sont des acheteurs qui veulent me piquer la coke. Mais dans le brouhaha, j'entends : « Bouge pas, ferme ta gueule, police ! » dans tous les sens. On me menotte.

Déconnecté.

Merde, c'est moi qui me suis fait carotter ! Ah, bravo ! Évidemment, Kamel n'a jamais été chauffeur de Saoudiens, il est une petite poucave qui travaille avec les keufs (qui laissent les dealers de ce genre vendre en toute impunité). Son pseudo-cousin Ahmed n'est rien d'autre qu'un flic.

Depuis un certain temps, tous les deux tentaient de faire tomber Al'. Pas de chance, ils sont tombés sur moi, par ricochet.

Je me suis défendu comme j'ai pu, expliquant aux keufs qu'il leur suffisait de venir chez moi pour saisir les cent cinquante grammes de bicarbonate, preuve de ma bonne foi. Réponse : « On verra ça plus tard. » Heureusement, ils finissent par y aller et les trouvent, comme annoncé.

Ce qui m'inquiète davantage, c'est qu'ils ne cessent de m'interroger sur J.-C.. Leur acharnement m'intrigue. Je me cramponne au silence. Je prétends même que je ne le connais pas, J.-C..

Pour mon malheur, mon pote possède une Scénic dont les flics ont relevé l'immatriculation lorsqu'ils m'ont pris en filature. Le lendemain, en garde-à-vue, je lis dans un exemplaire du gratuit *Metro* qui traîne, qu'il y a eu une saisie dans le XIXe arrondissement. Grâce à la plaque de J.-C., les flics sont remontés à un box, où ils ont trouvé vingt-cinq kilos de shit, des grenades et des cagoules. Impensable ! Je ne suis au courant de rien.

Le flic me fixe : « T'es dans la merde. »

Tu l'as dit. D'autant que les keufs font des perquiz chez J.-C.. Les voilà en patrouille en bas de chez lui et auprès de sa Scénic pour le péter. Je prie qu'il ait disparu, ce qui me laisserait le temps de lui adresser un message, afin qu'on s'arrange. Mais, alors qu'il me reste seulement vingt-quatre heures de garde-à-vue, J.-C. décide tout à coup de se rendre. Le box, il n'y est pour rien, il l'a prêté à quelqu'un, dit-il. Les flics sont dubitatifs. Pire, quand il déboule au commissariat, J.-C. a conservé son portable sur lui. L'appareil qui nous a permis d'échanger quelques vingt coups de fil à Clignancourt. La puce n'a pas mis longtemps à avouer.

On sait maintenant que j'ai des relations avec J.-C.. Les flics me prennent pour un mytho : « On croyait que tu ne le connaissais pas ? »

Pour éviter d'enfoncer J.-C., je suis contraint de jouer au con. Je me fais passer pour une victime, un type qui va se faire flinguer s'il l'ouvre tout en précisant que ce n'est pas J.-C.. J'en mets des couches. Un comportement qui me permet de garder le silence sur J.-C., parce que je ne suis pas une poucave. Fierté et dignité, tels seront toujours mes principes.

Et Al' dans tout ça ? Les keufs font une perquiz chez lui vingt-quatre heures plus tard. Il est mis en garde-à-vue soixante-douze heures, déféré au parquet, comme moi. J.-C. sera bientôt placé en détention provisoire à Fleury ; Al' en contrôle judiciaire et en provisoire en raison de son état de santé. Un malheur n'arrivant jamais seul, j'apprends à cette occasion que mon pote est séropositif.

Devant le juge des libertés je conviens que je suis coupable. Aucune chance de m'en sortir. Je ne lui demande qu'une faveur : me mettre à la Santé. Contrairement à Fleury, c'est près de chez mes potes. Pas la peine d'être véhiculé pour rendre visite à un détenu de la Santé. Je dis au juge que c'est pour ma mère qui ne suporte pas les transports.

Un an de Santé, donc.

L'année de la canicule pour achever le tableau.

M'en voilà sorti depuis un an et demi, ce qui fait, si mes

comptes sont bons, plus de deux et demi sans jugement. Mais ça tombe bien, je ne suis pas pressé.

Qu'est-ce qui m'attend au tournant ? Que ferai-je demain ? Où serai-je ? De nouveau à l'ombre ou à arpenter les rues du XVIIIe ? Mes ailes sont coupées. J'en suis réduit à attendre la date de mon jugement.

Seule certitude du moment : j'en saurai plus dans quelques mois. Je préfère chasser de mes pensées les trois ans que je risque. Ai-je mis toutes les chances de mon côté ? Pas sûr. Je suis censé consulter chaque semaine un psychologue, je n'y vais pas. Ou alors une fois par mois. Que veux-tu que je lui dise ? Il faudrait surtout que je me trouve du travail. Mais comment faire alors que je vais peut-être retourner en taule ?

En attendant, j'écris ce livre, qui aurait pu s'intituler « Comment devenir dealer en dix leçons ». Si tu es basané, c'est un bon début.

Tout y est vrai, tout y est faux, à toi de choisir.

Le roman de ma vie, si tu préfères.

À vingt-neuf ans, je n'ai plus de rêves. À part mettre de l'argent de côté et aller revoir mon bled et mon père.

# ALLER ET RETOUR AU BLED

1986, l'été de mes onze ans.

À la rentrée, je vais être parmi les « grands », j'entre au collège. Il va falloir en mettre un coup. Avant, le 5 juillet, c'est mon anniversaire. Je m'en réjouis à l'avance, comme tous les enfants.

Mais cette année, le cadeau ne sera pas celui que j'espérais, je te le précise d'avance. Juillet 1986, c'est le premier grand tournant de mon existence.

Le choc terrible de ma vie de gamin. La déviation inattendue qui va décider de tout le reste.

Ce jour-là, je sors du métro. Il fait beau, j'ai galéré avec mes potes du côté de Châtelet-les-Halles. Des mecs y jouent au fakir en se couchant sur des planches à clous et en marchant sur des bouts de verre. On se marre un moment.

À mon retour, je déambule dans les rues de Clignancourt, je rentre chez moi. Tout va bien. Sauf qu'au détour d'une rue, j'aperçois ma mère. Tiens, elle est dans un bar. Qu'est-ce qu'elle fait là ? Ce n'est pas dans ses habitudes. Tiens, elle trinque avec Carlos.

Carlos : un type qui s'est fait larguer par sa femme quelque temps auparavant. Il fréquente mon père, qui s'applique à lui remonter le moral. On sort tous au resto ensemble, parfois.

Je le connais sans plus, Carlos. Je ne le déteste pas *a priori*, il m'indiffère, mais moi, autant te le dire, ça me choque de voir ma mère en discussion avec ce pauvre mec autour d'un verre. Dans mon univers mental de gosse, ce ne sont pas des choses qui se font, ça me perturbe.

Pour me rassurer, j'en parle à mon père. Et l'embrouille commence, malgré moi.

Le soir même, vive discussion dans l'appart' de mes

vieux. Putain, ça se complique. Le ton monte. Le paternel est sacrément en pétard. Le coup avec Carlos lui reste en travers de la gorge. Ma mère lui annonce qu'elle va prendre l'air. Il lui hurle: « Si tu sors, c'est fini ! »

Elle sort.

Avec mon père, on va s'aérer nous aussi, de notre côté. Se changer les idées. Comme c'est lui qui a les clefs, en revenant on trouve ma mère devant l'appartement. Petit souci : elle a eu l'idée saugrenue d'ameuter les flics. Pour une idée à la con ! Elle se croyait emmurée dehors ou quoi ? Ambiance sur le palier. Les keufs parviennent à convaincre mon père de la laisser dormir chez nous pour une nuit. Le pauvre accepte, à contrecœur. Mais il les prend au mot : ce ne sera effectivement que pour une seule et unique nuit. Parce que son cœur, il n'y est plus du tout. Son cœur, il s'est envolé dans les espaces infinis que ma mère n'a plus aucune chance d'atteindre même en faisant du trampoline toute sa vie. La réconciliation, autant ne plus y penser. Tout est allé très vite.

Surtout qu'elle en a remis une couche, la daronne. Le lendemain, que vois-je ? Elle, dans la voiture de Carlos, en tête-à-tête avec cette tête de nœud. Et cette fois, mon père est présent et assiste à tout en direct. Catastrophe. Prise sur le fait. Elle ne lui épargne rien. La honte.

Désespéré, j'appelle ma mère dans la bagnole. J'aimerais qu'elle revienne vers moi, que tout recommence comme avant. Maldonne, tu penses.

Elle ne bouge pas, rien à faire. Cramponnée au Carlos, figée, rivée au rival. Quand j'ai gueulé, mon père m'a même mis une claque pour que je la ferme.

Je n'ai rien compris au sketch, ni au comportement de ma mère, incapable de s'extraire de la voiture de l'autre abruti pour venir m'embrasser, ni à la baffe magistrale de mon père.

Qu'est-ce que j'y peux ? Je ne sais rien, moi, de la vie compliquée des adultes.

Enfin, je ne sais rien… Ce que je sais, sûr à cent pour cent, c'est qu'à partir de ce moment, je nourris une haine tenace pour ma mère.

Ce sentiment ne m'a pas lâché pendant un long, un très long moment.

L'alternative devient inéluctable : il faut que je choisisse entre mon père et ma mère.

Ma mère est française « de souche », originaire de Roubaix. Sa vie n'a pas été facile : sa propre mère est morte lorsqu'elle avait cinq ans et son père s'est ensuite suicidé par dépit. Mais là, elle m'a laissé tomber pour un tocard ; elle qui avait déjà quitté un premier mari et leurs enfants.

Mon père, lui, est de Biskra, au sud de l'Algérie. Pour lui aussi, ça a été la misère. Son père est mort lorsqu'il était en bas âge et il a été élevé à gauche, à droite. Il est venu en France dans les années 1950, quand la métropole avait besoin de travailleurs immigrés. Une de ses tantes lui avait donné quelques-uns de ses bijoux en or pour échapper à la misère. Il est un peu dur, mais je l'aime bien.

Le choix est vite fait : hors de question que je reste avec elle. Et ça n'a pas l'air de la déranger parce qu'elle n'est plus au domicile familial et ne prend aucune nouvelle de moi. Elle passe ses soirées avec M. Ducon, je ne sais où, en train de faire je ne sais quoi. Elle m'a abandonné lâchement, je ne vais pas la supplier de revenir vers moi, non ?

Elle m'a dégoûté, je ne veux plus la voir.
Elle nous a trahis, qu'elle aille se faire foutre.

L'ennui, c'est que mon père n'a pas une thune ni devant ni derrière. Cariste, il s'est cassé une jambe en tombant

et à son retour au boulot la place était prise. Sa vie, c'est alcool-poker, poker-alcool, dettes sur dettes, le tourbillon de la déchéance. Comment va-t-il m'élever ? Il parade toujours en costard-cravate, mais sans un franc en poche. Il sort à midi, le temps de faire son tiercé et enchaîne sa journée, traînant de bar en bar, en se racontant avec ses potes la vie du bled. Nostalgie, quand tu nous tiens…

Du coup, la fréquentation du bistrot lui donne une idée : repartir au bled avec moi. Pour moi. Pourquoi pas, après tout ?

Il n'a pas les moyens de payer le voyage ? Pas grave. Avec une carte de résident, et en prétendant un retour définitif, tu pouvais rapporter autant de matériel que tu voulais au pays, sans le payer à la douane, tes autos, tes meubles, etc. À cette époque, la France était même prête à aider financièrement les immigrés qui décidaient de la quitter. Des amis se proposent de lui filer cinq barres pour ses frais de voyage, en contrepartie de l'utilisation de sa carte. Il va leur passer du matos à la frontière pour zéro taxe, et ils s'y retrouveront financièrement à l'arrivée. Il réfléchit.

Pas longtemps.
Banco, c'est décidé, on va partir !

Pour la première fois, je passe le 5 juillet tout seul. Mais je suis gâté par mon père. Absence totale côté maternel. Et je m'en passe aisément.

Le départ est proche. Je m'attends à tout, je m'attends à rien.

Un jour, je rentre chez moi, et sur qui je tombe ? Ma mère. En train de faire mes valises. Que fait-elle chez nous, celle-là ? Mon père lui a donné les clefs, me répond-elle. Peu importe. C'est trop fort, cette intrusion.

Impossible de m'en empêcher, je l'insulte, la bouscule, la fais sortir de chez nous. Je vide ma mère de notre appartement. Ouste, à la porte ! Bon débarras.

Je ne me suis jamais vu comme ça. Totalement hors de moi. Je lui trouverai des raisons, à la daronne. Mais bien plus tard.

De l'autre côté, les choses se précisent. Mon père a réglé ses affaires avec ses amis, comme convenu. Nous finissons par prendre la route, direction Marseille. Les bagages – une camionnette, entre autres – partent par bateau tandis que nous, nous allons prendre l'avion.

Je n'ai jamais quitté Clignancourt, sauf pour aller en colo en Ardèche, alors là, tu peux me croire, ça change drôlement. Grande impression sur moi, cette petite France qui se détache de mon regard jusqu'à disparaître sous les nuages comme un minuscule raisin sec perdu dans un océan de chantilly.

Et bientôt, tout bientôt : « Alger la Blanche ».

En chemin, ça bouillonne là-dedans. Où tout cela va-t-il me mener ? Quelle sera ma nouvelle vie, qui seront mes nouveaux potes ?

Dès que la porte de l'avion s'ouvre, après l'atterrissage, je comprends.

Pas tout, évidemment. Mais grâce au grand vent chaud qui me saisit d'un coup, m'enveloppant comme un duvet, je pige que ma vie a changé.

Que je ne vivrai plus désormais dans le même monde.

Je suis transporté à des années-lumière de Clignancourt, dans une sorte de quatrième dimension, dans l'inconnu le plus complet.

Mon père fait de menus achats dans diverses épiceries, puis on se dirige vers l'hôtel. Pendant qu'il signe à n'en plus finir ses papelards officiels, me voilà jeté dans un car, tout seul, avec comme compagnie la famille d'un ami de mon père, que je ne connais ni d'Eve ni d'Adam, et propulsé à quatre cents kilomètres d'Alger.

Démerde-toi, petit !

Au terminus, comme j'ai l'air de m'ennuyer ferme, on me colle devant une télé. Sur l'écran, un dessin animé. Je retrouve mes repères. Un moment du moins. Je suis intrigué. C'est quoi ce charabia qu'il baragouine, Bugs Bunny ? Je ne pige pas sa langue, nom d'un lapin. Personne ne parle comme ça chez moi. Sauf mon père avec ses potes du bistrot.

Qu'est-ce qu'ils disent, tous ? C'est quoi, l'arabe, exactement ?

J'attends mon père une semaine. Durant ce laps de temps, j'assiste, médusé, à un mariage et à la mort d'un vieux de la famille qui m'héberge.

Pour faire couleur locale, je pleure tout ce que je peux devant la dépouille du vioque.

Ah ça, pour du dépaysement…

Mon père, à son retour, m'informe qu'on va se rendre

dans sa famille. Qui est la mienne aussi, par la même occasion.

De cars en taxis, de taxis en cars, nous descendons vers le sud. Le trajet se fait de nuit, cahin-caha, comme des contrebandiers. On me conduirait en enfer que je ne m'en rendrais pas compte.

Arrivée à Sidi Khellil. Je suis impressionné par la voûte céleste criblée de milliards d'étoiles, un diaporama sublime qu'on ne voit jamais place Jules Joffrin ni boulevard Ornano à cause de la pollution lumineuse.

Des parfums nouveaux m'emplissent les poumons. Ivresse nocturne et secrète inquiétude mêlées.

Comme ces petits villages arabes ne sont pas éclairés le soir, le mystère s'amplifie. En revanche, toutes les portes sont ouvertes. On ne se méfie pas de l'étranger par ici. Quel étranger irait traîner ses guêtres dans le coin, à part moi ?

Nous arpentons les rues du bled, à la recherche de nos hôtes. Pourquoi les habitants nous dévisagent-ils bizarrement ? Je m'en rends compte subitement : personne ne nous attend ! Ils ne sont pas au courant de notre venue. Mon père n'a prévenu aucun membre de sa famille. Par pudeur ou pour les prendre par surprise, qu'importe.

Il croise un demi-frère qui ne le reconnaît pas, puis un autre demi-frère, qui l'identifie cette fois, et de fil en aiguille nous finissons par arriver chez ma grand-mère, que je n'ai pas l'honneur de connaître. Elle crie des « youyous » comme un disque rayé, pleure comme un jet d'eau, serre son fils chéri dans ses bras comme s'il allait lui échapper pour la vie, tout un cinéma qui n'est pas loin de m'effrayer. Il faut dire que ça fait trente-trois ans qu'elle ne l'a pas revu.

En plein sud de l'Algérie, je suis à l'ouest total ! Impossible de m'identifier à ce pays, à cette langue, à ces coutumes étranges.

Pas déçu du voyage, Kader.

Le village, je l'apprends vite, est une grande famille. Ils sont tous plus ou moins cousins, reliés par des alliances que je mettrai du temps à savoir reconnaître. C'est là que mon père a grandi. Durant sa jeunesse, ils étaient tous nomades. Depuis, ils se sont établis tout doucement, ont fini par se sédentariser, ont planté des palmiers ça et là. Je suis baladé de maison en maison comme une bête de foire, suscitant la jalousie des petits du coin. S'ils savaient à quel point je suis déboussolé...

Comme le maire de Oum el-Thiour, à quarante kilomètres de là, fait également partie de l'immense famille paternelle, il nous dégotte une maison « à nous », une maison construite et laissée par les colons. Cela nous évite d'habiter avec la mère de mon père. Et hop, nouveau déménagement.

Assez vite, la question de ma scolarité vient sur le tapis. Ah ça, ils ne l'ont pas oubliée, l'école. Son directeur, un cousin de mon père, suggère que, compte tenu de mon inadaptation, je prenne des cours chez les tout-petits pour les matières en arabe et que j'aille au collège pour le français, avec des jeunes de mon âge. Ce n'est pas réjouissant, mais comme je n'ai pas vraiment le choix, j'obtempère.

Il me faudra bien deux ans pour commencer à parler couramment l'arabe. Pendant ce temps, au collège, je monte les classes une à une, sans jamais redoubler, sauf que je passe mon temps à copier sur mes petits camarades.

Aux interros, ce sont même eux qui remplissent les feuilles à ma place.

Autre chose nouvelle pour moi, la baston. La vie du bled

n'est pas une sinécure. Ils ont comme qui dirait un léger retard par rapport aux « nouvelles méthodes d'éducation post-soixante-huitardes ». Là-bas, si tu déconnes, ils n'hésitent pas deux minutes à te mettre une trempe. Et si jamais tu as la bonne idée d'aller te plaindre à tes parents, ces derniers t'en remettent une autre, des fois que tu n'aies pas compris le sens de la première.

J'ai tendance à me rebeller. Un jour, au lycée, je déboule en retard, une chose qui arrive à tout le monde, n'est-ce pas ? Eh bien, non. Pas là-bas. C'est interdit. Les surveillants me frappent sur les mains (un grand classique, je prends donc sur moi). Ça se gâte quand le surveillant général en rajoute et me demande de tendre mes mains devant lui pour doubler le châtiment. Je refuse d'exécuter son ordre et sors du bureau comme une furie. Lorsque je tombe sur le prof de sport, qui me demande la raison de mon comportement, j'explose. J'insulte le surveillant en le traitant de tous les noms. La gueule des types fait plaisir à voir. Ils n'ont jamais vu un tel trublion dans l'établissement. Leur réaction ne s'est pas faite attendre : conseil de discipline. Mon premier. Comme je suis plutôt bien noté, il se passe sans problème. J'en ai fait deux ou trois comme ça, en réussissant l'exploit de ne jamais être viré.

Et j'avoue que je suis très fier de voir régulièrement mon nom inscrit sur le tableau noir dans la cour de récré, où l'on me menace d'expulsion en cas de récidive.

Une autre chose qui me surprend, à Oum el-Thiour, ce sont les filles. Non seulement elles sont toutes voilées (on s'y fait, à la longue), mais on n'a pas le droit de leur parler, ni en cours, ni pendant la récré. Aucun tête-à-tête, rien. Les autorités n'ont même pas besoin de donner des ordres dans ce sens, c'est la culture qui veut ça et tout un chacun l'a intégrée dans son système.

Il faut bien que je m'adapte, à ça comme à tout le reste. Je ne cherche qu'à m'intégrer. Si on se fie à mes habits, je fais même plus blédard que la moyenne de la population. Pauvre comme Job, je marche pieds nus, suis vêtu de rapiéçages et de vieilles fringues de récup'. Total look !

Du coup, je m'insurge quand quelques gamins imbéciles me traitent d'immigré. Il y a quelques bagarres mémorables à cause de ces bêtises.

Immigré, moi ? Tu veux rire, j'espère ? Dès que je peux, je bosse, comme eux, pour gagner un peu d'argent, je vends des pastèques, des cigarettes au détail, charge des camions de dattes, fais les moissons au nord du pays…

Je m'en suis souvenu plus tard, de ces insultes proférées ici ou là. Un soir de canicule, en prison, deux taulards évoquent devant moi le fait que les gens comme nous, ballottés entre deux cultures, entre deux pays, sont considérés comme « immigrés » en France comme au bled. L'un des gars rétorque : « Tu sais, on est chez nous que quand on est dans le bateau. »

Formule admirable, qui m'est restée gravée pour toujours.

Je me suis quand même fait beaucoup d'amis, dans le bled, Omar, Boufatah, Berabah, le « vrai de vrai ». Comme là-bas, il n'y a rien à faire (pas de café ouvert, que dalle), nous passons notre temps à discuter de tout et de rien. Nous nous apprécions beaucoup et ils m'ouvrent à certaines réalités de l'Algérie. Même si nous ne sommes pas les Petits chanteurs à la croix de bois, nous sommes plutôt sages, au final, crois-moi si tu veux.

Pendant ce temps, mon père a trouvé du boulot. Il est éboueur. Il s'est également remarié. Avec l'une de ses cousines.

Température au sein de la famille ? Moyenne. Tendant vers le froid.

Jusqu'à ce que sa nouvelle femme accouche de mon petit frère, tout se passe bien, ou peu s'en faut. Mais après la naissance, on ne s'adresse plus la parole, elle et moi. Je ne mange plus à la même table qu'eux, je décide de laver mon linge tout seul et quand je tape à la porte pour entrer au domicile parental, je crie le nom de mon petit frère pour ne pas avoir l'air de m'adresser à ma belle-mère.

Mon père est plutôt de son côté. Va comprendre.

Question religion, autre problème. En France, ma mère m'a vaguement enseigné Jésus-Christ, à qui je faisais mes petites prières quand j'avais cinq minutes. Je mangeais du porc, aussi. Mon père s'en foutait, il laissait courir. Intégration, intégration.

À Oum el-Thiour, fini tout ça. Dès que je suis arrivé, un vieil oncle a mis un tapis par terre et m'a fait répéter des prières après lui. Bien sûr, je ne savais pas ce que je disais, mais je le disais. Avec plus ou moins de conviction.

Petit à petit, à l'école, les profs ont fait mon éducation islamique (comme en France on fait ton éducation civique). J'ai commencé à croire.

La première fois que j'entre dans une mosquée, à quatorze ans, quelque chose se passe. Je me sens subitement apaisé. Je me dis que je vais m'efforcer de devenir un bon musulman. À part le fait que je respecte le ramadan, je ne pense pas encore y être parvenu, hélas.

Hasard ou pas, c'est justement à l'occasion d'une fête religieuse que j'ai mon premier contact avec les keufs.

J'ai quinze ans. On fête l'Aïd-El-Kebir (la fête du mouton). C'est la joie, on s'amuse. Avec des potes, je suis en train de jouer aux cartes. Seulement nous jouons avec de l'argent qui nous a été donné par nos proches pour l'Aïd, ce qui est rigoureusement interdit par la loi islamique. Nous nous faisons aussitôt pincer par des flics qui nous délivrent une convocation officielle.

Zoubir, Khaled et moi nous retrouvons au poste. On nous aligne face au mur. Mes menottes me relient à mes deux compagnons. On se prend quelques claques pour la forme, pour nous faire entrer dans le rang. C'est légal. Normal. Même nos familles ne sont pas inquiètes, ce sont des choses qui font partie de la vie quotidienne du bled, il faut apprendre à vivre avec.

Pour être franc, nous profitons aussi de cette convocation pour nous payer une bonne tranche de rigolade.

Au moment où nous sommes contre le mur, un petit, convoqué pour les mêmes raisons que nous, se pointe en retard. Il nous voit dans cette position inconfortable, menottes aux poignets, les traits tirés. Il est mort de trouille, le môme. Alors nous le fixons dans les yeux et choisissons tous en chœur de lui dire gravement : « On s'est pris dix ans, Salahdine ! Dix ans ! »

Ni une ni deux, le gamin se pisse dessus, littéralement. Qu'est-ce qu'on a ri !

La vérité, c'est que je ne compte pas m'éterniser dans le coin. Pour une raison simple : j'ai trouvé la femme de ma vie. C'est du moins ce que je crois à l'époque, dans ma naïveté adolescente.

J'ai croisé Loubna à la sortie du collège et depuis je ne rêve que d'elle. Elle est ma Schéhérazade ! Le coup de foudre existe, je l'ai rencontré.

Rêver, c'est le mot juste. Je suis perché sur un nuage rose et je n'en descends pas souvent. La seule fois où je lui fais la bise, à Loubna, c'est lors de la fête de l'Aïd.

De temps en temps, on se parle en secret sur le chemin de l'école. Un été complet, lorsque j'ai travaillé chez son père, j'en ai même largement profité pour l'approcher. Mais inutile de te dire qu'il ne s'est rigoureusement rien passé d'autre entre Loubna et moi. Mon dépucelage s'est fait plus tard chez une prostituée, en tout bien tout honneur, si je puis dire.

Le seul moyen de pouvoir me marier avec Loubna, c'est d'aller en France et de revenir au bled ensuite avec de l'argent en poche pour fonder une famille.

Mais le temps presse, je ne dois pas attendre trop longtemps car ici, une fille, pour s'épanouir, doit se marier le plus vite possible. C'est « comme ça ».

Il faut faire vite. J'ai trois ans maxi devant moi. Je vais voir la mère de Loubna, qui est O.K. sur le principe. Mon père, que je mets aussi dans la confidence, me dit *grosso modo* que je dois me démerder. Merci bien, j'ai l'habitude.

Comment faire pour aller en France ? Je me rencarde auprès d'un gars de mes relations qui a de la maille. Disons plutôt que c'est son paternel qui en a et que son fiston lui en pique dans son dos.

Je lui dis que j'ai besoin de deux-cents dinars (ce qui n'est pas vrai). Il me les prête. Je les lui rends comme convenu deux jours plus tard. Ça y est, je commence à gagner sa confiance. Une semaine plus tard, je récidive, mais cette fois-ci en lui demandant une somme plus importante. J'emprunte, je rembourse. J'emprunte, je rembourse, sans jamais dépenser un sou de ce qu'il me prête mais dans le seul et unique but de lui demander la somme qui me permettra de payer mon billet pour la France.

Je lui demande cinquante mille dinars. Il accepte. Lui aussi, son rêve c'est de quitter l'Algérie, alors je lui dis qu'une fois en France je me bougerai pour lui. Pour ne pas alerter son père, il me les donne en dix fois : cinq mille dinars par semaine. Pas énorme, mais bon début. (Et vous savez quoi ? Je lui ai rendu… douze ans plus tard !)

Je fais deux allers-retours à l'ambassade de France, où je me fais délivrer mon passeport. Pour accélérer le processus, je signe un papier signifiant que je désire faire l'armée en France. Et enfin, je m'achète un billet de bateau en partance pour Marseille.

Mon père : « Je te donne ma bénédiction, qu'elle soit derrière et devant toi ». En arabe, ça fait : « nahtik dahwa el khire guidemek wa ourak ».

Merci, papa, c'est reparti. En sens inverse !

Me revoici sur le sol français.

Problème immédiat, je n'ai plus de blé. Je prends le train à la gare Saint-Charles, sans billet. Le contrôleur ne me rate pas et j'écope d'une contravention en guise de bienvenue. Il va falloir que je me fasse aux usages français.

Je ne vais pas trop m'y faire, en fait.

15 octobre 1993, je débarque en gare de Lyon. Seule idée en tête : Clignancourt. Plus je m'en approche, plus mon cœur bat.

Je sors du métro. Première surprise, à la place du café de la place, je vois inscrit *Burger King* sur le fronton. C'est quoi, cette connerie ? Est-ce que je suis descendu au bon endroit ?

On dirait, malgré tout : ça a beaucoup changé, mais finalement je reconnais les lieux.

Il est tôt, je vais boire un café. Et je décide d'aller rendre visite à ma mère, qui n'est pas au courant de ma venue. Seconde surprise de la journée. Mais pas pour qui tu crois.

Je monte les escaliers, sac en main, souffle court. Comme un fait exprès, qui est-ce que je croise en train de descendre ? Ma mère. Qui part travailler.

Je lui dégaine un joli sourire : « Bonjour, maman ».

Bien qu'elle n'ait jamais répondu à mes courriers d'Algérie, je m'attends tout de même à une explosion de joie de sa part, comme lorsque ma grand-mère a embrassé son fils à son retour au bled.

Ben, je peux toujours l'attendre, l'explosion.

Toute zen, ma mère me répond du tac au tac : « Oh Kader ! Ça va ? »

Elle me fait la bise comme si on s'était quittés le matin-même.

Mon cœur s'arrête net. Je me prends une vraie claque. L'idée que je me faisais de ma mère durant cet exil de sept ans n'a rien à voir avec la réalité.

Toujours très calme, elle me sort : « Je pars travailler, tu m'accompagnes ? »

Elle travaille à la chaîne dans une petite entreprise qui fait des montures pour les porte-monnaie.

La tête ailleurs, je la suis. Elle m'annonce en chemin qu'elle vit avec Carlos, avec qui elle a un fils, Paulo. Elle m'avoue qu'elle subit toutes les misères du monde avec ce sale type, qui la maltraite.

Ma mère : « On se voit à la pause de midi ? »

Je ne parviens pas à atterrir. En attendant, je vais rendre visite aux assistantes sociales, qui me donnent des papiers pour aller manger à l'Armée du Salut, une carte téléphonique et des tickets de métro. Je jette aussitôt les cartes de l'Armée du Salut.

Comme convenu, je vais voir ma mère pendant sa pause, dans le XXe. Son mec est là, le Carlos de mes deux. On s'explique quelques instants, après quoi il lui lance brusquement : « Choisis entre moi et lui ».

Écoute bien la réponse de ma mère : « C'est toi. »

Tu as bien entendu ?

Elle dit ça devant moi. Tout net. Elle le choisit, lui. Le mec qui la frappe.

Je prends mon sac et je dégage de là.

## FUITE EN AVANT

Où aller ? Je croise la gardienne de mon immeuble, Jeanne. Je suis resté en relation par courrier avec ses enfants.

Elle est contente de me revoir, ça me change agréablement. Elle me demande où je vais dormir. Par pudeur, je réponds : « Chez des potes de mon père ».

Désemparé, je m'endors dans le métro, marche au hasard des rues et finis par retourner chez Jeanne, qui me propose de pieuter chez elle, en attendant de trouver un travail.

Au bout d'un mois, je finis par le décrocher, ce travail :

livreur de pizzas. Ce n'est pas avec ça que je vais acheter une maison à Loubna.

Pour trouver de vrais jobs, il faut absolument que je sois dégagé de mes obligations militaires. J'en profite pour avancer mon service.

À peine quatre mois de présence en France et me voilà déjà parti pour l'Allemagne, à Trèves, au 61e régiment d'artillerie.

J'ai du mal à rentrer à Paris pour me retrouver à chaque fois chez Jeanne. Les horaires qu'elle m'autorise sont presque aussi fixes que ceux de l'armée. Durant une perm' de quinze jours, sur un coup de tête, je décide avec mon pote Nordine, rencontré à la caserne, de descendre sur la Côte d'Azur.

Juste avant, nous faisons un crochet par Paris, où Nordine me demande si je peux me procurer du shit afin qu'on puisse le revendre là-bas, histoire de vivoter tranquilles au soleil. Je n'ai jamais fait ce genre de bizness, mais je me renseigne. Et je trouve un gars du quartier qui m'en procure. Pas très difficile.

Et nous voilà, Nordine, moi et le « ze-dou » (douze grammes), en route vers le sud.

Au pif, nous descendons à Saint-Raphaël. Nous traînons au bord de la mer, les pieds dans le sable, museau au vent.

Pour appâter le bolos, mon pote se roule un bédo de shit. Tout le monde le renifle. Quelques touristes alléchés par l'odeur orientale de la substance viennent nous en acheter. On commence à en vendre, comme prévu. On doit continuer à se procurer du nouveau shit. Des types nous conseillent d'aller en chercher du côté de la cité La Gabelle. Le cycle s'enclenche.

Et c'est comme ça, mon vieux, que je commence à dealer, tout tranquillement, pour la première fois de ma vie.

Oh, ça ne dure pas longtemps, cette fois-ci. Nous réussissons à nous procurer du fric par d'autres moyens, tout aussi illicites. Un petit qui vend des cannettes sur la plage nous propose un bon plan. La nuit venue, il fait les poches des mecs bourrés sur la plage. Nous décidons de l'imiter. Tous les soirs, nous dépouillons ainsi les ivrognes friqués. Crois-moi, ça rapporte.

Un autre jour, à 5 heures du mat', des vieux se baladent avec deux sacoches. J'en arrache une et m'enfuis. On achète de la sape avec le fruit du larcin.

J'ai bien conscience que ces activités ne sont pas glorieuses, mais nous nous sentons si bien à Saint-Raph', Nordine et moi, que nous décidons d'y rester au-delà de notre permission.

C'est à cette époque que je rencontre mon ami Rachid Pro et que je tombe aussi sur la belle Nora, serveuse dans un restau. Je la fais rigoler durant ses heures de pause. Grâce à elle, je délaisse Nordine, qui rentre à la caserne. Je reste seul avec Nora, qui m'héberge gentiment.

Nora, la première fille à qui j'ai fait l'amour pour de vrai. *Love story* !

L'ennui, c'est que je suis recherché pour désertion. Un soir, je me fais contrôler par la gendarmerie. Je n'ai pas mes papiers sur moi et on m'emmène au poste. Je les intrigue. Comme un tebê, je réponds : « Vérifiez mon identité auprès de la caserne. » Ils vérifient et s'aperçoivent que je suis porté déserteur. Parce qu'ils ne veulent pas se casser les couilles à me raccompagner dans le Nord, ils me fournissent un papier indiquant que je dispose de deux jours pour rentrer à la caserne. Tu penses bien que j'en profite pour m'offrir un rab de vacances chez Nora.

Hélas, je la croise un jour en étroite discussion avec son ex. Mon sang ne fait qu'un tour. Nique sa mère, la Côte d'Azur ! Direction l'armée, tant pis. Présentation au colonel. Je lui fais croire que j'étais endetté et que je suis allé sur la Côte pour travailler. Il me condamne à deux semaines de trou.

Je me suis fait bronzer, me voilà à l'ombre. L'armée n'est pas faite à mes mesures. Lors d'une perm' à Paris, la tentation est trop grande, je déserte à nouveau. Évidemment, je me fais choper et on me ramène illico en Allemagne. Re-au trou.

Je vais profiter de la présence des gardes de mon contingent pour m'enfuir. Ils me connaissent bien, m'accompagnent aux toilettes sans se douter de rien : j'ouvre la fenêtre et je saute. Et je cours, cours, cours.

Pas longtemps. À la gare, la gendarmerie me remet le grappin dessus. Retour à l'expéditeur. Re-re-trou. Cette fois, je prends cent cinquante jours. Je m'aperçois (mais un peu tard, comme dit la fable) que ça fait cinq mois quand même, ce bordel. Je pète les plombs. Hystérique !

Je fais semblant de me trancher les veines. On tente de me calmer. Un capitaine de l'infirmerie a l'heureuse idée de m'envoyer à Legouest, l'hôpital militaire de Metz, où on me donne des cachetons en me disant : « Si tu joues le jeu, on te réforme. »

Je joue le jeu. La semaine suivante, je suis à Clignancourt, libre.

Enfin « libre »... Je renoue les contacts avec mes amis, mais les horaires de Jeanne ne s'accordent toujours pas à mon tempérament : « À 10 heures, tout le monde au lit » ; « C'est pas un moulin ici ». Comme je crèche au rez-de-chaussée, je sors souvent pour retrouver mes potes.

C'est ainsi que je fais la connaissance de Sylvie, une prostituée, sur le boulevard où elle tapine. Elle me propose de venir dormir dans sa chambre d'hôtel. Comment refuser ? Je ne joue pas le dalleu, je ne la nique pas : elle kiffe. On finit par sortir ensemble. Elle va taffer, tandis que moi j'élabore mes petits plans de merde.

Mais la « belle histoire » ne se prolonge pas. Son mec sort de taule un mois plus tard. On se quitte, Sylvie et moi.

C'est peu de temps après, en mars 1995, que se déroule une affaire sordide, qui va me conduire de nouveau en prison, et cette fois-ci dans une vraie, la maison d'arrêt de Villepinte.

On est à Clichy, avec Larbi, le père de Pro. Je viens de

perdre de l'argent dans la machine à poker d'un café. Je ne te cache pas que je suis totalement bourré. Depuis quelques temps, dans ma vie tout se casse la gueule. Mon rêve avec Loubna s'évanouit. Je m'évade par les moyens du bord.

Sur un coup de tête, je décide d'appeler Loubna. Au bar, je demande à un Renoi de me prêter sa carte téléphonique. Un Gitan, aussi plein que moi, s'interpose, me refuse cette carte. De quoi je me mêle ? Je veux entendre la voix de Loubna, lui parler, lui expliquer ce que je vis.

L'engueulade commence mal. Le Gitan me donne une claque, je tombe à terre.

Il fait deux mètres, le mastard. Il se trouve que j'ai un petit couteau en poche. Il m'a mis sur les nerfs, ce con, alors je m'en sers. Shloc ! Et comme il ne crie pas, je continue à le larder. Shloc ! Shloc !

Larbi s'interpose. Je m'arrête de frapper, mais le couteau reste planté dans le corps du Gitan. Larbi me conseille de me barrer dare-dare. Tu peux croire que, tout ivre que je suis, j'écoute ses recommandations.

Le lendemain, dessoûlé, je reviens sur place. Ils tirent vachement la gueule, dans le bar. Ils me disent que je suis recherché pour meurtre. Quoi ? Merde ! Je panique. Au revoir les potes, je décampe à Marseille.

Dans ma tête, je suis recherché par toutes les polices, ennemi public numéro 1, je vais me faire soulever. J'ai tué un mec, meeeeeerde !

Sur le Vieux-Port, je bois comme un trou, me drogue, cachetons, médocs, tout y passe, je me retrouve comme une larve, complètement foncedé. À la ramasse. Rien ne va plus. J'ai tué un mec, j'ai tué un mec !

Toujours sous came, je décide finalement de rentrer à Paris, où j'appelle les keufs : « Venez me chercher ! » C'est limite un appel au secours.

Au commissariat de Bobigny, j'avoue tout. Je plane jusque dans le bureau du juge. Il m'apprend – grâce lui soit rendue – que mon Gitan n'est pas mort, mais seulement grièvement blessé de neuf coups de couteau.

Vingt-six mois dans ma gueule. Je demande à être seul en cellule. Vœu exaucé.

Treize mois de préventive, en attendant de connaître l'évolution des blessures du Gitan (il s'en tirera, cet empaffé, heureusement pour moi).

Comme je n'ai pas de mandat, le chef m'offre un poste de radio. La seule chaîne qu'il capte sans grésillements, c'est « Chante France ». Je passe ma journée à voguer sur les ondes, navigue entre Michel Berger, France Gall, les Rita Mitsouko, Balavoine. Dans ma tête défilent tous les tubes des années 1980. En peu de temps, je les connais tous par cœur. Un genre de retour à l'enfance que je n'ai pas eue.

À dix-neuf ans, la prison, ce n'est pas facile, crois-en mon expérience. Trois heures cumulées de promenade par jour, il y a mieux pour prendre des couleurs.

Dans un premier temps, je « positive », comme dit la pub. Je prends sur moi. Je me rends bien compte que l'endroit est morose, mais je n'ai pas envie de tirer la gueule. Je m'aperçois pourtant que ma bonne humeur ne plaît pas à mes codétenus.

Je finis par m'embrouiller avec un gars qui me donne du « bouffon » sous prétexte que je n'ai pas une gueule d'enterrement. En promenade, on se fricote et à partir de maintenant je ne rigole plus avec personne. Je sympathise, mais ne me relâche plus. Air sérieux de rigueur.

Tout n'est pas négatif en prison. Grâce à ces vingt-six mois, tout ce que j'ai perdu en sept ans, mon retard de culture à cause du bled, je le rattrape.

Jusque là, je parlais français, comme toi, ou l'arabe, comme mon vieux et ceux du bled. Maintenant, j'apprends le verlan des banlieusards. Parmi les détenus, il y a un grand nombre de Gitans, alors on s'adapte tous à leur vocabulaire, à toutes ces locutions qui se terminent en « ave », comme poucave (balance), rodave (grillé), bicrave (dealer), bédave (fumer), chourave (voler), et tout le toutim, comme dirait Michel Audiard.

Je parfais ma culture avec les programmes de télévision, du genre Bonaldi et sa bande. On fait ce qu'on peut avec ce qu'on a.

Le reste de mon temps, je travaille à l'atelier, où je bidouille des pièges pour pigeons. C'est de l'humour, tu crois ? Pour Loubna, je ne vais pas mettre dix ans à m'avouer que c'est cuit.

Elle va refaire sa vie. Une vie sans moi, pas la peine d'épiloguer. Je tente de l'effacer peu à peu de ma mémoire. C'est dur (aujourd'hui, elle hante encore mes rêves). Mon pote Farid vient me voir, heureusement.

J'ai toujours du mal avec la discipline, surtout quand elle est injuste. Un jour, un surveillant coincé me fait brusquement enlever les mains de mes poches. Je ne moufte pas. Un autre détenu choisit de l'insulter. Le lendemain, je suis convoqué au prétoire sous prétexte que j'ai insulté un surveillant. Pardon ? Il y a un malaise. Je jure au directeur de la prison que c'est inexact. Il y a erreur sur la personne.

J'ajoute qu'il existe un seul moyen de savoir si ma parole a une valeur ou pas.

« Ah oui ? », qu'il me fait.
Je lui lance : « Fils de pute, va niquer ta mère ! »
Abasourdi, le mec. Il y a de quoi, tu me diras.
J'enchaîne : « Là, je vous ai insulté, je l'avoue, et je suis prêt à assumer mes actes. Mais l'autre fois, je n'ai rien dit, parole ! »

C'est une preuve, non ? Je ne sais pas si c'est très malin, mais enfin c'est ce qui m'est passé par la tête à ce moment-là.

Dans ce cas de figure, je sais très bien à quoi m'attendre. Pour moi c'était une question de principe.

Réponse du directeur de prison : « Ainsi, vous insultez quelqu'un pour prouver que vous n'en avez pas insulté un autre ? »

Ben oui, mon vieux. Je suis bâti comme ça. C'est le seul

moyen de te faire comprendre que je suis du genre à assumer mes actes et mes paroles, mais pas ceux des autres.

Tu parles s'il s'en tape !

À ce rythme, je me retrouve au mitard. Ce n'est pas gai.

Qui dit quarante jours de mitard, dit vingt jours de grâce en moins.

Aucun contact là-dedans. C'est étudié pour que tu te frappes la tête contre les murs. Une heure de promenade par jour, tout seul.

Le soir, on te laisse dans ta cellule, en short, avec matelas et couverture, sans oreiller. Le matin, on te retire ton matelas et ta couverture et on te rend ta sape. La journée, tu ne peux donc pas dormir.

Si tu as du tabac, tu fumes sur place, sinon tu attends ta sortie.

Ta cellule s'ouvre trois fois par jour : le matin pour te demander si tu veux aller en promenade et les deux autres fois pour te donner à manger, à midi et 6 heures.

Tu as le droit de lire, mais le gardien te fournit le bouquin qu'il veut. Souvent il y a des messages à l'intérieur, quelques lignes dans lesquelles un autre taulard te livre ce qu'il a sur le cœur. Et toi tu es content parce que tu sais qu'un mec est passé par là et que tu vas délivrer tes réflexions au suivant. Un jour, je me retrouve avec un livre sans pages à l'intérieur. Sécurité oblige ?

C'est quand je m'aperçois de la folie du mitard, que je me décide à créer dans ma tête le répertoire idéal des chansons françaises. Pas de télé, pas de radio ? O.K., je me construis sous mon crâne ma propre boîte de nuit.

Je deviens mon propre D.J..

Vingt jours de mitard, pour commencer. Le double pour finir. Mais les fois suivantes, grâce à un changement de loi, ce sera le grand luxe : je peux cantiner mes clopes et on ne me retire plus mes affaires. Tout n'est pas négatif en taule, je te dis.

Je suis entré à Villepinte le 19 avril 1995 et en sort en décembre 1996, avec dix mois de sursis et de mise à l'épreuve. Cela signifie que pendant cinq ans, si je fais la moindre connerie, ces dix mois tombent. Et tu sais quoi ? Ils vont tomber.

Quand je sors de taule, j'ai une formation de routier. Et

grâce à l'armée, un permis de conduire. Mais quand je me rends à la préfecture avec ma gueule enfarinée, la meuf planquée derrière son bureau m'annonce que les deux ans que j'avais pour venir récupérer mes papiers sont écoulés. J'ai raté le coche à quelques jours près. Pas de bol, Kader.

Personne ne m'attend à la sortie. Je vais donc à Clignancourt, mon port d'attache, où je renoue contact avec d'anciens potes. Un squatt vient de s'ouvrir à la Moscova, près de la Porte de Saint-Ouen. Allez hop, je m'installe là-bas. Une pièce-cuisine, à l'œil, ça me va !

Dans la place, je fais la connaissance de Fredo. Profession : pickpocket. On sympathise. Il m'explique les rudiments du métier. Je le suis sur le terrain.

Avec du culot, c'est facile. Il suffit d'agir à deux. L'un demande son chemin, et pendant que le badaud se tourne pour te l'indiquer de la main, l'autre lui dérobe dans la poche de sa veste l'objet convoité.

Autre technique, destinée aux cartes bleues. À la caisse du *Franprix*, tu récupères le code d'une cliente lorsqu'elle le compose. Sur son trajet de retour, tu lui subtilises le portefeuille dans sa poche (les femmes le mettent en général dans leur poche, après avoir payé). Pour éviter que la meuf s'en aperçoive, il convient d'en extraire seulement la carte de crédit et de lui redéposer dans sa poche le portefeuille dérobé.

En général, elle ne s'aperçoit que le lendemain qu'elle a été filoutée. En attendant, tu peux t'acheter de la sape.

Au bout de deux semaines, je me rends compte que ce genre de trucs, ce n'est pas pour moi. S'attaquer aux faibles, je n'adhère pas.

Avec le peu d'argent que je me suis fait avec Fredo, j'investis dans le shit. Je contacte un mec qui en possède. Je lui en achète un quart de savonnette (soixante grammes), pour mille francs. J'en revends dans mon squatt.

Mais je ne me fais pas d'oseille, je fais ça juste pour survivre. Je retourne à chaque fois à mes mille francs de départ et je parviens seulement à me nourrir.

Je tourne en rond. J'attends un gros coup.

## RE-BONJOUR LA TAULE

Un vilain matin, mon pote Farid me lance : « Vas-y, y a un bête de plan, on va braquer ! »

Le braquage, connais pas. Et ça ne me tente pas, mais alors pas du tout. Mais je ne veux pas me dégonfler, alors comme un âne, je lui réponds oui.

Il me briefe. Il y a un magasin de fringues de luxe, vers Garibaldi. Avec un coffre-fort à l'intérieur. Une meuf l'ouvre tous les matins. On va lui donner une décharge électrique et quand elle sera tombée dans les pommes, on récupère l'oseille facilement. Oh, putain !

Le soir, on essaye les ustensiles électriques censés provoquer une paralysie chez celui que tu foudroies : personne n'en sort immobilisé, ça fait juste un peu mal et puis c'est tout.

Farid suggère de prendre un flingue. Oh, que je n'aime pas ça.

Un flingue. Je n'arrive pas à dormir de la nuit. Mon seul souhait, c'est que Farid ne vienne pas. Mais à 9 heures 30 pétantes, il est devant chez moi, le Fafa. Avec le flingue.

Devant le magasin, le rideau est tiré. L'employée pénètre dans le hall d'immeuble et ouvre une porte qui donne dans le magasin, pour l'ouvrir de l'intérieur. Je suis planqué derrière la poubelle. Dès qu'elle entre, je me faufile et la suis à l'intérieur. Fafa est monté au premier en attendant. Il doit me rejoindre ensuite dans le local. Comme prévu, la nana éteint les alarmes. C'est à moi de jouer. Mais je ne fais pas comme dans les films, je ne lui hurle pas comme un dingue : « Bouge pas, salope ! » Je ne lui mets pas non plus mon flingue dans la bouche et je me refuse à lui tirer les cheveux. Non, je lui dis simplement : « Excusez-moi, mademoiselle, c'est un braquage. »
En plus, j'agis à visage découvert.Gentleman-cambrioleur.

Farid est descendu de son perchoir et m'a rejoint. Il ne cesse de faire des allers et retours, nerveusement. Quelque chose ne tourne pas rond. J'y suis : il n'y a pas de coffre-fort ! Foireux, le plan. Farid : « On va prendre des sapes. » Oh, putain de putain.

Pendant qu'il charge les tee-shirts, polos et autres gilets, je tente de rassurer la meuf. Je ne trouve rien d'autre à lui dire que : « Je vous veux pas de mal. » Pour qu'elle se tranquillise tout à fait, j'ajoute que je ne veux pas voir ce qu'il y a dans son sac à main. Lui explique qu'on est plus ou moins contraints par la vie, des choses de ce genre.

Ce que je ne sais pas encore, et que j'apprendrai plus tard au tribunal, c'est que Farid vient de déplacer un meuble qui a déclenché l'alarme de la boutique. Comme le commissariat est à vingt mètres, tous les keufs sont déjà dehors et nous attendent de pied ferme pendant que je fais le galant.

Dès que nous mettons le nez dehors : « Bouge pas, police ! »

Plaqué contre le mur, menotté, j'ai juste le temps de planquer mon flingue dans ma ceinture. Ils hurlent : « V.M.A ! V.M.A ! V.M.A ! » (vol à main armée). Aïe, il savent que nous avons un flingue. Je le cache maintenant sous le siège de leur voiture.

Garde-à-vue. Les keufs ont eu l'idée de fouiller leur bagnole et y trouvent le flingue. Ils s'aperçoivent finalement qu'il ne s'agit que d'un banal pistolet d'alarme. Sacré Farid. J'ai eu peur pour rien.

J'apprends au poste que je suis poursuivi, non pour un V.M.A, mais pour un simple « vol avec violence ».
Moi : « Quelle violence ? » J'ai été classe, non ?
Le flic : « Allons, allons… »

Farid s'en tire avec un an. Moi aussi, sauf que mes dix mois de sursis tombent avec. Direction Fleury. Transféré à la Santé au bout de quatre mois.

Un sentiment étrange quand tu parcours ces lieux, Fleury, Villepinte, la Santé : les taulards sont tous les mêmes. Tu les as déjà vus, ou presque. Et si ce n'est pas eux, c'est donc leur frère. Ou alors ils se connaissent de près ou de loin. Je ne suis pas dépaysé.

Pas de mitard cette fois. Je me tiens à carreau. Je me fends même d'un stage *JET* à Creil, où sous encadrement quasi-militaire, on te conditionne pour que tu marches droit. On te fait regarder tous les soirs les informations (réfléchis à ça…), on te donne des cours d'éducation civique, on te remet à niveau. Tu coupes du bois, tu passes – moi, je le repasse – ton permis de conduire.

La Santé ? Drôle d'endroit pour une rencontre. Ce qu'on ne te dit pas aux infos du soir, c'est qu'il y règne un apartheid larvé. Au bloc C, il n'y a que des têtes d'Arabes comme la mienne. Le bloc B, c'est les Renois. Au bloc D, les Russes, un peu de tout, des déclassés, les mecs perdus. Le bloc A, lui, est réservé aux Français.

Quand un Arabe est puni, on l'envoie au bloc B et quand un Renoi est puni, il vient dans notre bloc. Ils croient que le mec va se faire mater par les gars des autres ethnies. Manque de chance pour messieurs les gardiens, il n'y a pas de guerre entre Renois et Rebeux en prison. On est tous ici dans la même merde. On est des frères de galère.

Les plus démunis que j'ai vus, ce sont certains Français qui n'osent pas sortir en promenade de peur de croiser des mecs dans notre genre.

La jungle, la prison ? Sûr. Le plus fort profite du plus faible. On y trouve de tout, des gratte-merde et des codes d'honneur. Naturellement, il y a des mecs sous pression qui se font racketter. D'autres qui communiquent de cellule à cellule en utilisant le principe du yo-yo (je ne te fais pas de dessin).

Mais qu'est-ce que j'ai entendu comme délires sur la prison !

La savonnette sous la douche où de gros balaises abusent un mec par derrière, ça n'existe à ma connaissance que dans les films américains du dimanche soir sur TF1. Dans la vraie vie, celui qui oserait faire un truc pareil se ferait sévèrement taper. En prison, je n'ai jamais vu personne se faire enculer, du moins, contre son gré. À Fleury, j'ai même vu des jeunes se faire frapper en promenade parce qu'ils avaient violé une keuf dans le R.E.R. Même pour une keuf, le viol, ça ne pardonne pas, en prison.

En revanche, les violeurs « de l'extérieur », dits « les pointeurs », tu les reconnais tout de suite. Le mec qui arrive et ne présente pas son mandat de dépôt à ses codétenus, a forcément quelque chose de pas clair à cacher. On en déduit ce qu'on veut. Je ne te dis pas qu'il n'a pas de soucis à se faire, celui-là. Sa gueule lui sera reformatée un jour ou l'autre.

La légende du papier-chiotte que tu dois payer à prix d'or : autre connerie. Si tu es en manque, tout le monde t'en prête, et ça s'arrête là.

Question bouffe (on bouffe en cellule et pas en salle, comme dans les films U.S.), celui qui n'a pas de mandat l'a dans l'os, profond.

Le menu a l'air équilibré, en théorie. Question calories, c'est sans doute savamment calculé par des gens bien intentionnés. Mais il faut voir l'état du chou-fleur. C'est d'un crade ! Les indigents sans mandat préfèrent s'abstenir de manger, c'est dire.

Tu as tout intérêt à être assisté par des amis de l'extérieur.

D'ailleurs, les mecs dépourvus de cette assistance sont ceux qui te servent tes repas : les « auxis ». La prison les paye pour accompagner le gardien qui se contente d'ouvrir et de fermer la porte, sans jamais passer les gamelles.

C'est aussi grâce à l'auxi que plein de trucs circulent : des mots, du shit, etc. Auxi, si tu lis ce livre, prends soin de ton étage.

Compte sur tes mandats. Et ne rate pas le coche. Chaque dimanche soir, on te file un bon de cantine, une feuille où tu coches la quantité de produits que tu commandes, avec les prix indiqués en face. Tu dois la rendre le lundi matin. En tout, tu as cinq bons pour cinq jours de la semaine. Le lundi, tu passes commande de l'épicerie.

Porte de Clignancourt

ERIE

Mardi : les toilettes. Mercredi : les fruits, les pâtisseries. Jeudi : les produits laitiers. Vendredi : le tabac. La règle varie bien sûr selon la prison.

Le montant global de ta commande te sera débité du compte joint à ton numéro d'écrou. S'il manque le moindre centime à ton compte, on t'enlève tout, ta commande est annulée. Tu n'as plus qu'à attendre le lundi d'après et te ronger les ongles.

Sache aussi que tu ne peux pas cantiner de la viande, ni du poivre. Ne me demande pas pourquoi, le poivre est l'un des grands luxes de la taule. Si tu veux t'en procurer, tu as intérêt à filer un bédo au cuistot. En prison, tout s'achète avec du shit.

Note-le, tout ça, on ne sait jamais.

Dans nos cellules, on n'a pas non plus de plaque chauffante. Pour s'en confectionner une, on fait du bricolage à partir de boîtes de harissa ou de mayonnaise, d'une paire de Kleenex, d'une boîte de thon servant de récipient et de l'huile. Avec ça, on se débrouille pour se faire notre propre chauffe. L'huile est donc très demandée.

Mais le *must* du *must*, question prix pratiqué au cours de la promenade, ça reste le tabac. Là encore, vivent les mandats ! Et vive Farid qui parvient à m'en expédier quelques-uns, dans la mesure de ses moyens !

Quelques autres inconvénients de la prison, au hasard ? À part le manque total de liberté, tu veux dire ? Et l'abstinence sexuelle ?

D'abord, les divisions : pour les soi-disant gros bonnets, les Corses ou les Basques, c'est le luxe. Et le luxe ce n'est pas pour nous. Nous, on est quatre par cellules. Tu pionces et tu chies devant trois mecs, dans des W.C. à la turque, avec juste un mini-rideau pour préserver ton semblant d'intimité. Et ça se passe juste à côté de la porte où on te donne à bouffer. Bon appétit.

Le parloir : si ta famille est en retard d'une seule minute, elle se fait refouler et peut toujours pleurer devant la porte de la prison (et toi dedans), elle ne sera pas autorisée à te parler ce jour-là.

Pour lire, il faut frapper à la porte. Le gardien ne te propose pas de lui-même de lire les trois tomes des *Misérables*, figure-toi. Tu as intérêt à en vouloir, du Victor Hugo, pour en recevoir. Sinon, c'est télé toute la journée. J'essaie de faire aimer à mes potes l'émission *Strip-tease*, qui passe sur France 3. Ils sont surpris quand ils se rendent compte qu'il ne s'agit pas d'un zine de cul.

Et puis, régulièrement, l'œilleton te regarde. Avec ce bruit. Clac-clac. Clac-clac. Épuisant. Tu te sens épié en permanence. Même durant la nuit, quand tu pionces. Heureusement, il y a des feignants partout et les gardiens ne passent pas toujours.

Dans le même genre, ta cellule peut aussi s'ouvrir à tout moment pour une visite surprise du chef, de l'infirmier, etc. Chiant.

En revanche, si tu es vraiment malade, il faut écrire une belle lettre au docteur. Ne crois pas qu'il va venir dès le lendemain à ton chevet, tu n'es pas au Val-de-Grâce. Et si tu es un clandestin, trouve-toi un bon pote qui écrive à ta place, sinon tu risques d'attendre un moment avant d'être soigné. Tu peux y laisser ta santé, à la Santé.

De toute façon, dès que tu es malade, il va falloir que tu frappes durement à la porte pour avertir les gardiens de ton état. Si tu es très affaibli, tu vas devoir demander à tes potes de taper à ta place. Du coup, les secours mettent souvent du temps à arriver, parce que dans un premier temps, ils pensent qu'il s'agit d'une prise de tête quelconque entre détenus.

Et puis il y a aussi les suicides. On en parle un peu, à l'extérieur, depuis quelques temps. Mais moi, j'ai réellement vécu ces situations dramatiques. Crois-moi, ça te fait un choc. Lorsque j'y étais, un clandestin a avalé des lames de rasoir. Un autre des cuillères. Tout ça pour éviter qu'on les ramène de force dans leur pays.

D'autres se sont tailladés les veines parce qu'on ne voulait pas leur donner un boulot qui leur aurait permis de s'acheter de petits suppléments de bouffe. Pas étonnant que la plupart de ceux qui prennent des médocs – en réalité, qui se cament avec – soient des clandestins.

Celui qui veut « décrocher » des médocs, il faut qu'il en veuille. J'ai connu un type qui, sentant que ça le détruisait, ne voulait plus en prendre. Il était obligé d'en demander l'autorisation par écrit, mais évidemment, ne savait pas écrire le français. Alors, j'ai écrit pour lui. Mais ça n'a servi à rien.

Niveau trafic de came, en prison, tu deales sans trop de problème en promenade. Les cours varient, mais en général un joint vaut environ un paquet de Marlboro.

Le *top* du *top* c'est le Subutex. Le vrai toxico en achète, c'est comme de l'héro. Et ce n'est pas donné (sauf à l'infirmerie où tu t'en procures).

Tu te demandes sans doute comment la came entre en

prison. Facile, ça se passe au parloir ou par l'intermédiaire de gardiens corrompus. Pour un douze grammes de shit au parloir, ta copine te le file sous cellophane en t'embrassant. Ensuite, tu te le colles dans la raie des fesses ou carrément dans le cul. Il y en a qui l'avalent et se font vomir en cellule pour le récupérer.

En tout cas, merci aux surveillants qui viennent fumer un bédo avec nous au lieu de se contenter d'être des porte-clés. Qu'ils continuent, on a besoin d'eux !

On parvient aussi à faire entrer des téléphones portables dans nos cellules. Mais ce coup-ci, ne me demande pas comment : « secret-défense ».

Un jour, je finis par sortir de la Santé. J'y referai de brefs passages, notamment pour l'affaire de coke que tu sais (voir chapitre 1), mais je décide d'arrêter les affaires où je risque trop lourd. Je retourne dans mon squatt où je fais le topo de ma vie.

Pas besoin de gamberger longtemps. La conclusion se fait d'elle-même : les seules fois où je n'ai pas eu de grosses emmerdes, c'est sur le peu de shit que j'ai vendu.

S'il y a bien un truc qui est fait pour moi, c'est le shit. Et ça tombe bien, parce que mes potes ne sont que des leurdis et le seul taf qu'ils peuvent me proposer, c'est la vente de shit.

Je me rends Porte de Clignancourt, à la sortie du métro. Ici, les mecs n'ont rien à foutre de leur vie sauf à dealer. Je me joins à eux. On parle de tout et de rien. On est une quarantaine comme ça. Kader et les quarante dealers !

## LES GARS DE LA PLACE

Et une journée pourrie, une ! Quand ce n'est pas l'un, c'est l'autre. Décidément, tous mes potes y passent. Interminable queue leu leu des galériens du XVIIIe.

Je reviens du jugement de B.M., un ancien dealer du quartier reconverti en travailleur légal. Depuis quelques temps, il turbine comme chauffeur-livreur.

Il a tout laissé tomber pour acquérir un nouveau statut, s'extraire du marasme.

Le problème, c'est qu'il continue de fumer (on ne perd pas si vite ses mauvaises habitudes). Les flics l'ont chopé dans la rue en train de tirer innocemment sur un joint et depuis ne l'ont pas lâché, trop belle occase de marquer des points. Ils sont montés chez lui, ont trouvé cent grammes de shit dans le salon. Tu parles d'un Graal, c'est sa dose. Il a beau hurler que c'est pour sa conso perso, les keufs n'en ont rien à braire, persuadés qu'il continue de vendre en douce. Ils font une perquiz chez sa mère, chez son ex-femme, remuent ciel et terre, matent sous les jupes des copines et dans la machine à laver. Pas de bol, ils ne trouvent que dalle et n'ont que ces malheureux cent grammes à se mettre sous la dent.

Mais ça leur suffit. Ils défèrent B.M. au parquet sans attendre. Comparution immédiate.

Le pauvre s'en est pris pour six mois fermes. Cas unique dans les annales ? Mais non. C'est toujours comme ça. Je collectionne des tas d'amis qui aimeraient s'en sortir, qui n'ont avancé qu'un doigt de pied dans des affaires louches et qui se prennent deux mois dans les gencives pour avoir bêtement guetté lors d'un deal, ou pire, avoir discuté nonchalamment sur le trottoir quand les keufs les ont alpagués. Leur seul tort : habiter Clignancourt. Se promener à Clignancourt. Vivre et respirer ici. Il ne fait pas bon être un enfant du quartier depuis quelques temps.

Je ne suis pas né à Clignancourt, mais dans le 94, au

Plessis-Trévise. Je n'y suis pas resté longtemps, mes vieux ont vite déménagé dans le XXe, où ils m'ont balancé en crèche puis en maternelle. Quand mon immeuble a été détruit, restauration oblige, on a eu le choix entre Bagnolet et Porte de Clignancourt. Mes parents m'ont demandé ce que j'en pensais. Du haut de mes huit ans, je leur ai lancé Clignancourt et c'est comme ça que j'ai atterri ici, que j'y ai grandi.

Clignancourt, lieu mythique et mal connu.

Pour le promeneur parisien, c'est le terminus de la ligne 4, Porte d'Orléans-Porte de Clignancourt.

Si tu as avalé une arête ou qu'un soûlographe t'a méchamment balafré un samedi soir de misère, c'est l'hôpital Bichat. Si tu es un micheton, c'est le quartier des putes bon marché (elles forment un chapelet des Maréchaux à Montmartre) et des travelos (vers la Porte de Clichy).

Pour le grand public, c'est l'entrée du marché aux puces de Saint-Ouen, le plus grand d'Europe. Un lieu attractif où tu achètes tes livres d'occase, ton encens indien, tes sapes soi-disant à moitié prix, et où se déversent les Américains et les Chinois friqués qui se font chouraver leur portefeuille par mes amis dès qu'ils descendent dans le métro.

C'est là aussi qu'a été assassiné Jacques Mesrine, « l'ennemi public numéro 1 » de la fin des années 1970.

Mesrine habitait rue Béliard, à côté de la Sécu, quand Broussard et ses tueurs l'ont suivi pour le seriner sur la voie publique et le prendre ensuite en photo sous toutes les coutures. On y a tourné un film sur sa vie quand j'étais gamin, ça m'a profondément marqué.

Un grand mec, un bandit d'honneur, Mesrine, à qui Giscard a fait chèrement payer le prix de sa liberté. J'ai souvent repensé à lui quand j'étais en taule, à son combat contre les inhumains Q.H.S. qu'on n'a malheureusement toujours pas supprimés.

Clignancourt, chacun n'en connaît qu'une infime portion qui ne lui donne qu'une idée déformée de l'ensemble. Pour moi, c'est un lieu de vie et une atmosphère. Et le cœur de mes rencontres.

Les filles pour commencer, bien sûr. Le week-end, entre potes, on y attrape les meufs à la pelle. On se stationne à la sortie de la bouche de métro, on attend que les gazelles montrent leur joli minois, on les vanne, on les drague. Les nanas se laissent faire. Contrairement à ce qu'elles te disent, elles ne viennent pas ici seulement pour les fripes mais aussi pour nous. On sait y faire.

La topographie de Clignancourt importe peu, ce qui compte ce sont ses habitants, leurs couleurs comme une palette de peintre, leur parler qui te fait dresser l'oreille, leurs coutumes aux parfums étranges.

Ceux qui ne connaissent pas la région disent, en faisant la moue que c'est drôlement « bigarré » dans le coin. En réalité, c'est un concentré de planète, un immense brassage culturel, une synthèse des patrimoines. Ici, toutes les races se mélangent, et il n'y a aucune embrouille entre les quatre points cardinaux. L'immense *melting-pot*, le vrai, le réussi, celui que les *States* ont promis à leurs immigrants sans jamais parvenir à le leur offrir : il existe ici, au Nord-Ouest de Paris, entre La Chapelle et Clichy.

Clignancourt, c'est aussi l'endroit où, si tu es démerdard, tu peux aisément gratter ton billet. Il y a toujours une affaire qui traîne dans le coin. Je ne te jurerais pas qu'elle sont toutes cent pour cent légales, mais c'est à toi de voir.

Je connais quasiment tout le monde ici. À l'époque où j'ai débuté, la plupart de mes potes font du nesbi dans leur cité. Ils revendent du shit à l'ombre, dans les cours, à l'abri des flics.
Moi, je décide de faire autrement. Avec un bataillon d'amis, j'ouvre un « commerce » à visage découvert, directement sur la place.

Deux bons points : le client potentiel s'y trouve en plus grand nombre et l'emplacement est libre. Comme ils nous voient agir, il est plus facile aux flics de nous interpeller, mais l'occasion est trop belle de nous faire des thunes vite fait, bien fait, et nous tentons notre chance. De l'audace, encore de l'audace !

Puisque nous ne nous identifions pas aux autres groupes qui existent aux alentours, nous nous identifions à la place où nous agissons. On ne met pas longtemps à nous appeler « les gars de la place ». Clignancourt, c'est une place qu'on a fabriquée nous-mêmes, en 1997. Notre territoire à nous. Notre matrice.

En ce temps-là, mon Q.G. se trouve au café *La Clairière*. Le consommateur n'a pas besoin de s'armer d'un plan pour trouver ce qu'il cherche, ça se passe juste sous son nez. Idem pour le vendeur, il n'a qu'à servir celui qui lui passe commande.

Je commence à pointer sans client et quand celui-ci s'amène, il ne lui échappe pas que j'ai une tête d'Arabe, sous-entendu : un Arabe de Clignancourt n'est bon qu'à vendre de la drogue. Du coup, il me demande où se procurer du shit. Au bout d'un mois, je suis suffisamment connu dans le quartier pour me mettre à mon compte.

Les choses sont simples : si le bolos est content de toi, il en parle à ses amis qui en parlent à leurs amis, et de fil en aiguille le commerce prend son essor. Une clientèle, au début, c'est quinze personnes. Si tu assures, tu n'as pas de soucis à te faire, tu peux vivre facile. Je me débrouille plutôt bien.

Je me couche vers minuit, me lève à midi, le temps de libérer la chambre que j'occupe à l'hôtel *Le Balcon*. Le réceptionniste Jamel (que son âme repose en paix) est de la partie et cache mon shit dans le coffre-fort de l'hôtel. Je suis alors tout à fait au bas de l'échelle. Je passe mes journées au troquet à attendre que les affaires me tombent toutes cuites dans le bec.

Imagine : tu es assis, tu fumes, tu bois tes cafés, et plein de gars viennent t'aborder pour discuter de tout et de rien. Automatiquement s'amènent de drôles d'oiseaux en rupture de ban. Ils tâtent le terrain, t'interrogent, ils ont besoin d'aide. Le pickpocket qui a volé un portable cherche un receleur. Le voleur de cartes bleues cherche un type qui peut lui trouver du matos à acheter. Toi, tu dis « oui » à tout. Et tu te démènes ensuite, pour qu'ils ne soient pas déçus.

C'est à ce moment que j'ai compris : il était de mon intérêt d'être toujours affirmatif. Par système.

POLICE

Tous les week-ends, on se retrouve ainsi avec des cartes bleues étrangères à dépenser. Ce sont des cartes sans code, qui passent par le sabot, à l'ancienne. Lorsque tu te pointes dans un magasin, le vendeur est censé demander ta pièce d'identité. Mais comme il est de mèche, il « oublie », malencontreusement.

Grâce à ce trafic, on s'achète de la sape, des montres, de l'or, des bijoux (certains les revendent, d'autres les gardent), des portables. Les bons jours, on dépense jusqu'à trente mille francs par carte, le temps que le client fasse opposition. Hélas, les banques finissent par s'apercevoir que les dépenses de cartes volées s'effectuent toujours dans les mêmes boutiques et il faut attendre le week-end suivant pour agir.

Mes histoires de shit démarrent sur les chapeaux de roue. Je m'offre un blouson dans lequel je peux placer des barrettes genre cartouchière, comme un tireur d'élite. Grande classe.

Je m'aguerris, je prends du galon. J'y place six, sept, huit barrettes à cent francs les trois grammes. Je les achète par vingt-cinq grammes et les détaille, chaque morceau placé sous cellophane. Je me transforme en petit artisan.

Plus les clients affluent, plus tu es tenté d'acheter en gros, et moins ça te revient cher. Tu commences par acheter un kilo. Quand tu vends au kilo, tu changes de division, c'est maintenant toi qui revends aux petits vendeurs qui ne veulent que des vingt-cinq grammes.

Par la suite, tu achètes plusieurs kilos que tu stockes en sûreté, et tu deviens un petit baron local. Ton statut dans le quartier est une question de quantité. Sachant que plus tu vends gros, plus tu gagnes mais plus tu risques sur le plan pénal. Logique.

Comme le savent tous les fumeurs, les mecs qui confectionnent le shit en font de différentes qualités. À l'époque, il y en a deux : la « save » (un kilo comprenant quatre savonnettes de deux cent grammes, au prix de six mille francs) et le « pollen » (cinq plaquettes de deux cents grammes pour dix-sept mille francs). Les deux sont du produit marocain, mais la save est de nettement moins bonne qualité que le pollen.

Je vends les deux sans état d'âme, mais comme ils ne sont pas au même prix, j'explique aux bolos que le pollen est beaucoup plus raffiné. Sceptiques, ils ne mettent pas longtemps à suivre mes judicieux conseils. Les bolos sont satisfaits de mes services et reviennent me voir.

Le gars chez qui je me ravitaille en came, Casquette

– surnommé ainsi parce qu'il n'a jamais enlevé son couvre-chef cachant sa calvitie, il le portait même le jour de son mariage – s'aperçoit que j'ai un bon débit et me propose une association. J'accepte.

Le shit est planqué chez lui, l'oseille chez moi, et nous faisons tous les deux de la distribution directe dans la rue. On nous demande tous les poids, barrettes, deux cents grammes, trois cents grammes, etc. L'argent coule à flots.

J'en gagnerai encore plus grâce à une nouvelle combine.

Un jour, un mec qui commande un max de shit me propose d'être payé en coke. *A priori*, je ne touche pas à ce truc-là, mais pourquoi ne pas essayer, après tout ?

J'y goûte, je suis transformé. Je me sens surpuissant ! Je décolle, file dans les nuages comme un supersonique, la terre est toute petite à mes pieds, je vole dans une autre galaxie, loin, plus loin, vite, très vite, derrière les comètes en compagnie des étoiles ! Zzzzzzzzzzzzzz. Je deviens accro. Pas dépendant, mais consommateur régulier.

J'en touche un mot à Casquette. Nous décidons d'élargir notre gamme et d'en vendre à notre tour. J'en parle à un ami qui en parle à un ami, etc. Maintenant tu connais le processus.

Mon premier client : Francis, un doctorant désireux de se griller les neurones.

Comme pour le shit, il y a deux qualités de coke : la synthétique (chimique) et la végétale (naturelle). Pour sniffer, tu peux prendre les deux, ça ne pose aucune difficulté. Mais si tu veux de la *free base*, c'est-à-dire du *crack* ou de la galette, il te faut de la végétale, que tu mélanges à de l'eau et du bicarbonate. Recette de famille : tu mélanges le tout que tu fais cuire au bain-marie. Quand l'eau bout, une plaque jaune se forme et durcit. Tu la recueilles et la fumes (ou la vends).

Nous commençons avec la synthé, puis investissons dans la végé. Au début, pour tout te dire, je ne me sens pas coupable de vendre cette daube. Comme j'en sniffe moi aussi, je partage les risques en quelque sorte. J'arrête seulement d'en refourguer à Francis, mon client étudiant, qui, du coup, décroche sa thèse avec mention. Je n'irai pas jusqu'à dire qu'il a réussi ses études grâce à moi, mais quand même...

À ce stade, je quitte ma base de ralliement du café *La Clairière* pour effectuer des livraisons à domicile, genre pizzas ou *sushis*.

Drrrrring ! « Allô, Barth ? ». À cette époque, les gens me

comparent à Barthez, le génial gardien de but de l'équipe de France, dont j'ai adopté le total look : bouc et boule à z. « Allô Barth ? T'as pas un ou deux grammes ? » *No problem*, le client est roi, je fonce chez lui dans ma Super-5 verte, turbo-diesel, que je viens d'acheter et dont je ne suis pas peu fier.

Nous réunissons bientôt une vingtaine de clients, avides de coke. Je leur en vends durant cinq mois. Je m'enrichis considérablement. Mais cette putain de mauvaise conscience s'insinue dans mon esprit et gagne peu à peu du terrain. Elle s'ancre dans ma tête comme une maladie vénérienne.

Je constate sur moi les effets que la coke produit. Et je vois aussi les bolos se transformer en épaves. La coke te rend dépendant incroyablement vite et t'explose la cervelle (et aujourd'hui, le *crack*, c'est mille fois pire).

Je finis par avoir honte. Je n'arrive pas à m'ôter de la tête que mon bizness n'est pas moral. J'ai l'impression de tous les tuer à petit feu. Ils s'éteignent devant moi et je les encourage à se détruire, ça ne peut pas continuer comme ça.

Loin d'être un musulman exemplaire, je profite néanmoins du ramadan pour annoncer à Casquette que j'arrête de vendre cette saleté. Il me toise, stupéfait. À ses yeux, je suis un fou, pire : un con. Je m'ampute d'une substantielle rentrée d'argent. Casquette ne comprend pas les raisons (pseudo) religieuses que je lui assène mais on se sépare en bons termes.

Je prends mes distances avec la coke mais la rédemption n'est pas au rendez-vous. Ma nouvelle came : les machines à sous. J'y investis quasiment tout le fric que j'ai gagné avec la coke. Les machines à sous dont je te parle sont celles des bistrots de Clignancourt, pas du casino de Monte-Carlo. L'activité n'est pas légale, mais les flics n'y mettent pas le nez en ce temps-là, alors elles fleurissent dans le quartier.

Dans le troquet, les patrons sont tes banquiers. Ton score t'est payé à la caisse, par en-dessous. Quand tu gagnes. Parce que moi, pauvre naze, je paume tout. Dans les trois, quatre mille francs par jour. Je me ruine. De 6 heures du mat' à la fermeture, je joue comme un dingue, fasciné, hypnotisé, dans l'attente des trois cerises qui ne s'affichent jamais ensemble. Je suis tellement à la masse que j'arrête même de vendre du shit. Il me faut pourtant des thunes. Je vais bientôt profiter d'un malentendu.

Un soir, mon pote Karim ramène à son hôtel une belle serveuse rousse un peu paumée, prénommée Aurélie. Il s'est amusé avec elle et en bon copain, me propose de me la refiler pour que je me détende cinq minutes. Seul point noir, elle n'est pas au courant de l'échange.

Je tente ma chance malgré tout, monte à l'étage, pénètre dans la brechan, lumière éteinte, en espérant jouer sur l'obscurité pour m'avancer jusqu'au lit de la fille. Aurélie croit que Karim est de retour.

Je me déshabille. Au moment où je me glisse sous les draps, elle allume la lampe de chevet et hurle ! Me sentant tout con, je lui raconte que je suis venu pour charger mon portable. Le fait que je sois à poil rend mon explication légèrement foireuse. Je lui dis que je comptais profiter de sa chambre pour prendre une douche. Elle me croit. C'est qu'elle est peu tarte, Aurélie.

J'essaye de la négocier, mais rien à faire sur l'instant, alors on discute. Elle m'apprend que son gosse est placé dans une famille d'accueil. Elle a presque autant de blèmes que moi, c'est dire.

Profitant de la situation, j'entreprends de lui laver le cerveau. Comme elle a des comptes à régler avec les hommes qui profitent de son corps, je lui lance : « Vas-y, prends ta revanche, baise les mecs, va sur le boulevard et pique leur oseille ! Pendant ce temps, je te surveille.

Tu me files l'argent qu'ils te donnent et je te passe ma carte de retrait, tu pourras retirer quand tu veux. »

Je me surprends moi-même à balancer ces conneries. Je suis sûr qu'elle va me dire d'aller me faire foutre. Eh bien, figure-toi qu'elle ne refuse pas. Et je la pine comme un fou.

Le lendemain soir, je la dépose sur le boulevard Ney. Je lui explique : « Tu vois la tour, là-bas ? Je t'y surveille. S'il t'arrive quoi que ce soit, je suis là. »

En partant, j'ai des remords et la reprends. On ne devient pas proxo du jour au lendemain. Mais les machines à sous sont les plus fortes. Le surlendemain, je relance Aurélie et la ramène sur le terrain. Pendant qu'elle tapine, je ne reste pas en observation dans la tour mythique, tu penses, mais à plusieurs rues de là, au café, en train de jouer aux machines infernales.

Aurélie travaille trois, quatre heures par soir, persuadée que je rôde dans le coin. Elle ramène deux mille cinq cents francs à chaque fois. Je ramasse tout. Quand elle veut dix ronds, je les lui donne, mais ça ne va pas au-delà parce que je lui fais croire que je les mets de côté. Que ces économies nous serviront plus tard, pour ouvrir un bar-resto. Elle se plie à ma discipline car elle veut récupérer son enfant.

Elle est aussi totalement love de moi. Je viens la rechercher tous les soirs vers 2 heures, à la clôture des bistrots. Nous allons dans une chambre d'hôtel, où je la pine avec frénésie. Je sens que je lui deviens indispensable.

L'histoire dure quelques semaines, mais je me sens mal. Mêmes symptômes que pour la coke. Je trouve une excuse bidon et me débarrasse de la gosse. Mais Aurélie résiste et décide de continuer sans moi Porte de Vincennes ou avenue de la Grande Armée. Elle aussi, elle a trouvé sa came.

La dernière fois que je l'ai vue, elle était enceinte. A chaque fois que je la croise, je lui demande pardon de l'avoir encouragée à vendre son corps. Elle me répond : « C'est bon, arrête ! Je t'ai déjà dit que je te pardonne ! ».

Je suis dans un trip nanas. Juste après Aurélie, je fais la rencontre de Christelle, manager d'un fast-food de Clignancourt. C'est une petite brune aux cheveux courts, bronzée, craquante, qui travaille comme une forcenée derrière son comptoir où je la branche jour après jour. Elle me plaît, je lui sors le grand jeu. Elle ne s'entend pas avec son mec, alors pourquoi ne pas sortir avec moi ? O.K., c'est parti. Je vais habiter chez elle aux Abbesses.

Quand je suis aux abois, la vie fait toujours en sorte que

je retombe sur mes pattes. Le beauf de Christelle est syndicaliste C.G.T. au N.M.P.P. (les Nouvelles messageries de la presse parisienne). Il m'y fait bosser un mois, pendant l'été. Je gagne vingt-deux mille francs que je décide de ne pas flamber aux machines. Je me ressaisis.

En septembre, je retourne aux N.M.P.P. pour huit mois. Je retrouve presque une vie normale. Je m'achète un Chrysler-Voyager marron pour partir en vacances à Fréjus. Et cette fois-ci, sans vendre un gramme de shit !

Je prends le soleil avec Christelle et des potes.

Mais à la veille du retour à Paris, je tombe nez à nez avec Naïri. Coup de foudre. Sublime blonde de 25 ans aux yeux bleus, elle est, tu sais quoi ? Croupier à Paris ! Je note fièvreusement son numéro et remonte en voiture avec Christelle, comme si de rien n'était.

Ce qui devait arriver arrive : elle aussi de retour dans la capitale, Naïri m'appelle. Pour se détendre, elle va avec des amies dans une salle de jeu, à Pigalle, pour jouer au poker. Un soir, elle m'y invite.

Je n'ai que sept cents francs en poche. Ses copines perdent. Elles me regardent de travers, comme si j'étais le boulet qui les faisait perdre. Je m'assieds à une table, seul. Obligé de gagner. Et je gagne. Incroyable. Les copines de Naïri viennent miser avec moi et gagnent, elles aussi. Je deviens leur mascotte.

Sur le chemin du retour, je n'ai aucun mal à retourner le cerveau de ma nouvelle déesse. On se retrouve à l'hôtel pour faire ce que tu imagines.

Depuis Loubna, je n'ai jamais été aussi amoureux.

Comme Naïri est une fille de la nuit, je ne peux la voir qu'au matin après 6 heures. Christelle se pose des tas de questions car dès potron-minet, je m'habille frais.

Pendant les quatre nuits où Naïri travaille sur Paris, je la vois à l'hôtel. Ne supportant plus le mensonge, je finis par quitter Christelle, en larmes, mais pas vraiment surprise.

Je quitte aussi les Abbesses. Casquette m'a proposé un petit studio où j'emménage avec Naïri qui bosse la nuit et dors avec moi la journée. Nous sommes fous d'amour. Putain que c'est bon !

Tout irait pour le mieux dans le meilleur des mondes si je n'étais à nouveau pris par le démon du jeu. Tous les soirs – merci Naïri – je fais mon poker à Pigalle. Suite prévisible : je me ruine en quelques semaines. Le reste de mes économies des N.M.P.P. partent en fumée. Je descends à grandes enjambées.

Pour me faire des ronds, je recommence à vendre du shit, mais vite fait, car le deal ne plaît pas à Naïri. Elle m'annonce que si je me fais choper dans ce trafic, elle me quitte. Alors je tente d'autres stratagèmes.

Tandis que je vends mes barrettes, je garde en poche une provision de faux billets de deux cents francs. Quand le bolos me règle avec ses authentiques deux cents balles, j'échange discrètement son billet avec le mien que je lui mets sous le nez, en pétard : « Tu me payes en faux billets, mec ! » Je lui tends son billet, en réalité le mien, le faux, charge à lui de m'en redonner un autre, un vrai. À ce petit jeu, les vrais billets ne tardent pas à affluer dans mes poches.

Un gars d'Aubervilliers me propose de faire passer des doublettes au Maroc. Il exporte une Ford Focus volée contre mille cinq cents euros. À la douane c'est simple : pour les plaques, tu as relevé les minéralogiques d'une autre Ford non volée, avec l'identité du propriétaire et son numéro de carte grise. L'ennui, c'est que les flics risquent de mater à l'intérieur car elle n'est pas retapée. Je prends le risque malgré tout et ça passe comme une lettre à la Poste.

Dans certains magasins de sport, des clandestins tapissent l'intérieur d'un sac d'aluminium, un dispositif destiné à neutraliser l'alarme à la sortie. En plus, ils arrosent le vigile d'un billet de deux cents euros, et n'ont donc aucun mal à se barrer avec des sapes de sport, une centaine de maillots de foot à soixante-cinq euros. Je suis chargé de les revendre à vingt-cinq euros pièces. Tout bénef !

Il y a tout de même un hic : Naïri n'apprécie pas non plus ces autres activités. J'aurais dû m'en douter. Shit ou pas shit, elle est tendue, me fait la morale. Nous avons beau nous adorer, nous ne sommes pas sur la même fréquence. Je sens qu'elle s'éloigne de moi. Elle a du mal à s'habituer à me voir plonger dans les bas-fonds. On se tire de plus en plus dans les pattes. J'en profite pour aller voir ailleurs. Au cours d'une soirée, je m'éclate avec Andréa B., une meuf du porno qui en kiffe grave pour moi.

Naïri sent que le vent tourne. Elle décide de prendre du champ et part s'installer en Savoie, espérant que j'aille la rejoindre et qu'avec le bon air, je me transforme en honnête citoyen. Je lui rends visite et lui fais croire que je vais emménager avec elle. Mais je n'ai aucune envie de quitter Clignancourt, même pour la plus belle meuf du monde. Mon univers est ici.

*Come back* in the matrice.

TABAC
CAFE

CAFE BAR

# PLANÈTE CLIGNANCOURT

Je me remets en piste à la *Clairière*, où les potes m'accueillent les bras ouverts. Moi aussi, je suis heureux de les revoir. Jeannot, le patron, semble moins joyeux. Son visage s'allonge, pâlit, bourgeonne. Je suis une source d'emmerdements supplémentaires.

D'origine bretonne, c'est un genre d'immigré lui aussi, mais les loustics dans notre genre qui s'agglutinent dans son établissement sont loin de lui rappeler sa jeunesse à Concarneau.

Finis les binious. Nous avons investi les lieux en conquérants. *La Clairière* est devenu notre place forte. Les authentiques clients ont déserté, les autres se font chouraver dans les règles et repartent chez eux avec une poignée de billets en moins.

La plupart des tables sont occupées par des dealers, qui vendent leur marchandise sur place. Nous sommes les rois. Nous ne payons rien, nous nous servons directement dans le frigo : parts de tarte, bières, Coca. Nous en faisons des économies, à *La Clairière* !

Nous nous amusons comme des fous, mais la vie de ce pauvre Jeannot devient impossible. Par peur des représailles, il n'appelle pas les keufs et se tasse petit à petit. Il finit par craquer et place sa maison en gérance. Son serveur, Albert, prend la relève.

Le règne d'Albert Ier ne se révèle guère plus brillant. Il pense qu'en embauchant deux gros bras le calme va se rétablir, mais les vigiles sont des jeunes de notre bord et sa tentative d'intimidation se solde par un échec cuisant.

Le climat se dégrade. Des potes tentent de forcer son coffre. Ils sont pris sur le fait. Nous apprenons un jour que le café est contraint de fermer temporairement : il a été incendié à l'essence. Par qui ? Mystère. En tout cas, dès qu'il est retapé s'amène un nouveau proprio, Mohamed, qui croit avoir fait une bonne affaire.

Le Kabyle ne met pas plus d'une semaine à se rendre compte que son acquisition est un bar à problèmes.

Mais des gens ont parlé. La mauvaise réputation de *La Clairière* est parvenue aux oreilles de la police. Peu à peu, le bar est cramé par des keufs en civil. Mohamed y place des caméras. Mince, ça commence à sentir mauvais.

Nous changeons de crèmerie, direction *L'Îlot*, à quelques mètres de là, où nous faisons le même cirque en attendant mieux.

Les flics commencent à devenir un réel souci pour nous. Lorsque nous avons ouvert le marché au shit de la place de Clignancourt, ils n'ont pas tout de suite percuté, nous étions comme des poissons dans l'eau, libres de faire nos affaires sans être alpagués. La place était tranquille. Mais plus le temps passe, plus les uniformes occupent l'espace.

La B.A.C. (Brigade anticriminalité) fait son entrée au son des tambours.

On peut dire qu'elle se fait remarquer, et c'est même certainement ce qu'elle cherche. Son cow-boy le plus illustre : Philippe L., alias « le Gros », alias « le Grand

Front ». Ce mec-là fait son effet. Il ne représente pas la loi, il la fait. C'est un dur. Un singe dominant. Son coéquipier, un petit blondinet fébrile que nous surnommons « la blonde », l'aime tellement qu'il lui sucerait sa matraque.

Le Gros veut montrer aux gars qu'il n'a pas peur d'arpenter les rues de Clignancourt. Dans la rue, il observe et catalogue. Il se croit à OK Corral. Tu as une tronche qui ne lui revient pas, tu fais un peu de bruit, il t'interpelle direct. Il met la pression à tous les groupes. Déclare la guerre totale au XVIIIe. Il en fait une question personnelle.

Il vit dans un western.

Pour être sûr de ne pas laisser courir un coupable éventuel, il s'en prend à toi dès qu'il t'aperçoit sur la voie publique avec ta gueule basanée.

Avec son extincteur accroché comme une cravate, sa tête d'enfant grimaçant et son gilet pare-balles, il nous fait bien marrer, le Gros. Il n'a pas un flair infaillible. Quand nous nous baladons peinards, il nous harponne, mais dès que nous sommes chargés, il passe à côté. Incapable !

Mon pote Shid est sur la place en début de soirée. Il a bien vendu, les clients ont afflué, c'est un jour de surconsommation. Shid ne veut pas jouer au gourmand et s'apprête à déguerpir avant que la place ne se transforme en *Crackland*, avec l'arrivée des zombies dignes du *Thriller* de Michael Jackson.

Juste avant son départ, l'un de ses vendeurs lui demande de lui apporter des barrettes supplémentaires. Shid se rend au ravitaillement, comme à son habitude, la dose placée dans ses chaussures. En ressortant de l'immeuble, il aperçoit le Gros, au bout de la rue à sens unique, en train de contrôler des mineurs qui pétaradent avec leurs bécanes.

Shid monte dans sa Twingo et démarre en quatrième vitesse. Le Gros le reconnaît, mais il est à pied. Shid, qui ne tient pas à se faire prendre avec quarante barrettes sur lui, s'engage dans le sens interdit juste devant le Gros, se prenant, au passage, un coup de matraque sur le toit de la voiture.

Shid déboule Porte de Clignancourt suivi par le Gros en nage, qui crie à tue-tête : « Contrôle ! Contrôle ! »

À ce moment-là, Shid se rend compte d'une chose inouïe : ce branque de Philippe L. lui court après non à cause de la probable drogue qu'il transporte, mais parce qu'il n'a pas respecté le sens interdit ! Le Gros ne se doute pas une seconde que Shid est chargé. Il fouille sa voiture pour la forme sans rien trouver, forcément. Et il le laisse déguerpir.

Les collègues du Gros ne sont pas toujours plus inspirés que lui. Un jour, Shid, toujours lui, est à moto et s'apprête à ravitailler un bolos de cent grammes. Dans le rétroviseur, il aperçoit le Gros qui s'approche avec sa « suceuse ». Shid planque le bloc sous le réservoir. Le Gros stoppe sa moto, fouille le réservoir, tombe sur la marchandise.

Shid est amené au commissariat. Et là, il ne se démonte pas et joue sur le fait que sa bécane est restée toute la journée stationnée place de Clignancourt. Il déclare aux inspecteurs qu'un vendeur a utilisé sa moto pour y planquer le shit à son insu, sachant que le véhicule ne bougeait pas et que le type pourrait reprendre la came quand il le voudrait. Shid y met tellement de conviction qu'il va jusqu'à leur montrer les « bons » emplacements où il fourre habituellement sa dose. Les keufs sont convaincus par sa prestation et Shid sort par la grande porte…

Comme le Gros nous serre régulièrement, il parvient de temps à autres à nous arrêter, fatalement, même si c'est à chaque fois pour de mauvaises raisons.

Un dealer sert la main de l'un de mes potes sans qu'il n'y ait aucune transaction ? Philippe interpelle le dealer. Rien d'étonnant à ce qu'il trouve du shit dans ses poches. Mais dans sa petite cervelle, ça phosphore.

Il accuse mon ami de le lui avoir vendu. Il prend le problème à l'envers, le coco. Ils ont beau crier tous les deux qu'il se plante lourdement, ils se retrouvent au poste avec les menottes.

Le jour du jugement, mon pote fait un scandale devant la présidente. Son seul tort : avoir salué un dealer. Peu importe, il est condamné à neuf cents euros d'amende. Dur à encaisser quand tu n'as rien fait.

Réaction du Gros : « C'est pour les fois où l'on ne t'a pas pris. »

Au jeu du chat et de la souris, Philippe L. va s'user durant deux ans dans notre quartier, sans parvenir à démembrer le réseau des « gars de la place ». Ses supérieurs finissent par avoir pitié de lui et le mutent dans un autre arrondissement.

Hélas, on ne respire pas mieux depuis qu'il a décollé, au contraire. La situation empire. La place est quadrillée et les interpellations se multiplient.

Après l'arrivée de Nicolas Sarkozy (sa première fois), on dirait qu'il entre deux cents flics chaque mois dans la police parisienne. Il en sort de partout. Toutes les cinq minutes, une voiture passe avec quatre keufs à l'intérieur, qui te dévisagent comme si tu étais un ennemi public.

Tu ne peux pas les rater. Ils grimpent sur les toits, d'où ils te matent avec des jumelles, louent des appartements pour te pister, envahissent les salles d'attente des dentistes et des médecins pour disposer d'une vue imprenable sur la place Clignancourt.

Je n'en ai pas encore vu s'extraire des bouches d'égout ou déguisés en platane, mais ça ne saurait tarder.

Tu pisses contre un mur : commissariat.

Je vais aux Puces avec un ami m'acheter un gilet. Nous ne sommes pas habillés en caillera, nous avons une bonne dégaine *fashion*, n'empêche : « Vous, là ! » Contrôle.

Et là, c'est simple : tu n'as pas ta pièce d'identité sur toi ? Commissariat. Tu as pensé à la prendre avec toi ? Où t'amènent-ils pour en vérifier l'authenticité ? Au commissariat.

Comment te comporter lorsque tu es au volant et que les

flics passent à côté de toi ? Si tu ne les regardes pas, ils trouvent étrange ton manque de curiosité et t'interpellent. Si tu les regardes, ils croient que tu les provoques et te contrôlent également. Avec une bonne chance d'aller faire une visite au commissariat.

Dès qu'il y a plus de deux basanés dans une voiture : contrôle. Et ils ont intérêt à avoir mis leur ceinture de sécurité, les mecs, tu peux me croire, sinon : palpations, etc.

Les keufs prennent lentement possession de la place. Ils se croient tout permis, nous traitent plus bas que terre. À la télé, lorsque tu les vois dans les émissions grand public, ils sont cool, posés, décontractés, polis, ils te parlent comme à des êtres humains. On dirait des assistantes sociales chargées de sortir les jeunes défavorisés de leur condition. Dans la vraie vie, rien de tout ça : contrôles systématiques, interpellations tous azimuts, ils te tutoient, te poussent à bout sans respect.

On n'est pas des anges, d'accord, mais ajoutons qu'eux non plus. Il faut remettre les choses à leur place. Nous ne faisons que vendre du shit. Et nous fumons nous-mêmes nos produits, preuve que nous ne vendons pas de la mort en conserve.

Note aussi qu'ils ont carte blanche, les keufs. C'est leur

IL ÉTAIT UNE FOIS
DANS L'OUED
LE 19 OCTOBRE

HOTEL
BRASSE

parole contre la tienne et ils n'hésitent pas à pousser le bouchon aussi loin qu'ils le peuvent. Et moins ils sont gradés, moins ils sont justes.

Leurs injustices sont flagrantes. Pas forcément pour nous, d'ailleurs. Fais attention quand tu te promènes aux abords, frère, tu peux être victime des apparences.

Un jour, je trimballe dix-huit barrettes dans un paquet de Chesterfield. Avisant que la B.A.C. pointe le bout de sa truffe, je le jette aussitôt par terre, le plus loin possible. Qui se fait gauler ? Le mec le plus proche du paquet ! Un type qui n'y est absolument pour rien se retrouve ainsi en garde-à-vue, pour quarante-huit heures.

Une autre fois, avec Shid, on va s'amuser à Pigalle. On vise un passant qui a, de toute évidence, beaucoup tisé. Pour se marrer, on fait semblant d'être de la police et on le coince. Le type est tellement bourré qu'il entre dans notre jeu. On le palpe, très professionnels. Il a un couteau sur lui, la tension monte. Mais derrière nous arrivent les vrais flics. On se tasse. Ils s'aperçoivent que notre vis-à-vis possède un couteau. Il a beau leur expliquer que nous sommes des faux flics, des imposteurs, c'est lui qui se fait embarquer !

Autre erreur confondante : place de Clignancourt, avec

un autre ami, nous remarquons une Golf rouge, avec ses clés à l'intérieur. Allez, on y monte, on démarre. Le proprio, un Rebeu, s'aperçoit aussitôt du vol et alerte les keufs. Nous, on s'est arrêté à deux rues de là pour bouffer un sandwich grec. On voit soudain notre mec foncer sur nous, heureux d'avoir retrouvé sa bagnole. On s'explique deux minutes et on lui rend sa voiture avec le sourire. Le mec fait à peine cinquante mètres qu'il se fait serrer par deux motards en vadrouille, informés du vol de sa Golf. Ils le plaquent au sol, lui tordent les bras, lui enfoncent les genoux dans la colonne vertébrale pendant dix minutes. On voulait presque aller le délivrer tellement c'était une connerie…

Il est si difficile de nous coincer que les keufs inventent de toutes pièces des flagrants délits. Comme ils rendent un rapport unique comprenant toutes leurs signatures, ils se mettent d'accord entre eux avant et harmonisent leurs versions. Quitte à nous enfoncer sans preuve.

Un exemple ? Shid arrive dans un café, commande une noisette et dit bonjour à un ami. Au bout de trois minutes, des flics en civil entrent, le collent contre le mur ainsi que la personne qu'il vient de saluer. Un touriste et une quatrième personne qui buvait tranquillement son petit crème suivent le même chemin.

Version officielle, consignée dans le rapport : Shid a apporté du shit à son ami qui l'a revendu au troisième. Le quatrième type faisait le guet. Il y aurait donc un donneur, un vendeur, un guetteur et un acheteur. Il n'en faut pas davantage au juge. Le pote de Shid qui s'est déjà fait chouraver avec deux kilos de shit, prend quatre mois. Le pseudo-guetteur, deux mois. Et Shid, qui n'est pas blanc dans d'autres histoires (il a quinze mois de sursis sur la tête), six mois.

À Fleury, Shid apprend que son sursis est tombé : il écope de vingt et un mois. Toutes ses permissions lui sont refusées, car il faut une peine de prison inférieure à un an pour en obtenir. Or sur ce coup, il était parfaitement innocent, je peux en témoigner. Tout a été arrangé par des flics qui jurent avoir pris les mecs sur le fait. Mais il n'y a pas eu de « fait » !

N'empêche, les keufs sont plus malins qu'il ne paraissent. À tort ou à raison, un jour ou l'autre, ils finissent toujours par nous trouver. Ils ont du bol ou nous avons la poisse ? Je ne sais pas trop. En fait, leur succès est sans doute dû à leur ténacité. C'est comme un attaquant au foot, au bout de dix, quinze, vingt tentatives de tir, il arrive à marquer. Eux aussi, y reviennent sans arrêt, et à force, finissent par tomber sur le bon poisson. Tu comprends mieux la devise de la Porte de Clignancourt :

« Mieux vaut être parano que tête en l'air. ».

N'oublie pas que les keufs ont le droit de t'inciter à vendre pour te mettre la main dessus. On doit donc faire gaffe constamment. On ne sert pas le tout-venant. Le mec qui nous lance : « T'as pas du teuch ? » ou « T'as pas une part à vingt ? », on s'en méfie comme de la peste. C'est trafiqué, pas naturel. On a l'impression que quelqu'un lui a dicté son texte.

Le mec qui a une tête de keuf, on ne le prend pas.

Le mec hésitant, on ne le prend pas non plus.

Avec nous, il faut avoir le bon look : on vend au feeling.

Dans tous les cas douteux, tu nous entendras te répondre : « Y a rien. » ou « C'est mort. »

## LOIN DES CLICHÉS

Les flics sont-ils racistes ? La meilleure réponse : celle de Lino Ventura dans le film de Lautner, lorsqu'on lui demande s'il y a de la pomme dans l'alcool frelaté qu'il picole dans la cuisine : « Y en a. » Alors oui, des flics racistes, il y en a. Je les ai vus, je les ai subis, et mes potes avec moi. Pas de doute là-dessus. La presse elle-même s'émeut parfois de leur comportement à l'égard des « jeunes issus de l'immigration », selon la formule consacrée.

Il y a quelques années, j'ai lu dans *Le Monde* une histoire révélatrice, celle d'une jeune Rebeu qui s'est faite draguer dans un pub de Pigalle par un pilier de la B.A.C.

Comme elle résistait à ses avances, le type a appelé en renfort ses potes de service, a embarqué la meuf pour la placer en garde-à-vue, où il lui a promis de « jouer au foot » avec sa « tête de bougnoule ». Charmant, hein ?

Ce coup-là, il y avait des témoins. La fille a porté plainte et l'affaire est sortie dans la presse, avec procès, communiqué de la hiérarchie et indignation générale.

Mais dis-toi bien que d'habitude, ça se passe dans l'ombre et sans la moindre preuve. Personne ne parle, *motus*.

À qui se plaindre ? La brigade se tient les coudes et le public n'est pas prêt à admettre que les mecs qui maintiennent l'ordre ne le respectent pas eux-mêmes.

Qui va croire la parole de jeunes immigrés lorsqu'elle est confrontée à celle de gars en uniforme ? Quand ces jeunes sont délinquants ou vendent du shit, c'est perdu d'avance pour eux. Ils peuvent toujours aller se gratter.

Courbe l'échine et casse-toi dans ta cité après un détour par la case prison.

Je ne veux pas être parano, mais quand des basanés de mon espèce, dealers ou pas, marchent tranquillement dans la rue, je remarque que les flics les interpellent régulièrement. À la différence des « Français de souche» qui échappent à la plupart des contrôles. Je doute que ce soit le fait du hasard parce que ce genre de désagréments arrive à des tas de potes Rebeux et Renois qui n'ont jamais volé une poule de leur vie. Conclusion ?

Dans l'action, il m'arrive d'entendre des phrases significatives comme : « J'aime pas ta race », et autres noms d'oiseaux. Dans les locaux de la police, nos copines françaises se font parfois questionner crûment sur leurs relations avec nous, genre : « Qu'est-ce que tu fous avec ces bougnoules ? »

Qu'est-ce que nous devons en penser ? Est-ce simplement de la provoc idiote ? L'agressivité des flics sert-elle à nous impressionner ou pensent-ils réellement ce qu'ils profèrent dans ces circonstances ?

Je n'en sais rien, je note ces écarts de langage, c'est tout.

Et je note surtout que les grands médias sont d'une rare discrétion sur le sujet. En les écoutant, on a l'impression au contraire que nous sommes à l'origine de tous les maux que rencontre la société française depuis les trente dernières années. Rappelle-toi les présidentielles de 2002 et le délire sécuritaire qui s'est déchaîné contre nous à cette occasion.

Je ne prétends pas que les keufs soient tous d'odieux racistes. Je ne vais pas renverser les clichés ni tomber dans la généralité, comme ils le font trop souvent. Il y a des flics corrects, et d'autres qui, en dehors du service, sont sans doute irréprochables, bons époux, bons pères de famille, ouverts d'esprit et sans préjugés raciaux. Lors d'une descente, parmi les membres d'une équipe, il y en a toujours un qui se comporte bien à notre égard, sans qu'on sache évidemment s'il est sincère ou si son sourire fait partie de la stratégie du bon et des méchants.

Ce que je constate, par contre, c'est que pour les keufs, les insultes qu'ils nous jettent à la figure sont globalement légitimes. Dans leur esprit, ils n'ont pas à parler correctement à des mecs comme nous. Pour eux, nous sommes la lie de la société et devons être traités comme tels. Ils oublient que beaucoup de mes semblables sont irréprochables civiquement et pénalement.

À l'entrée des boîtes de nuit, même logique d'exclusion. Les basanés et autres Blacks suspects d'habiter la banlieue ou le XVIIIe arrondissement ? Systématiquement refoulés. Cette fois-ci plus d'uniforme, mais tu es à la merci d'un mec aux ordres. De préférence un Black ou un Arabe, histoire de prouver que l'établissement n'est pas raciste, qui va décider si tu as l'insigne honneur d'entrer ou pas sur la piste.

Écoute-moi ça : tu es nickel, propre, de bon esprit, tu t'es mis du gel et tu es accompagné d'une bombasse, sûr de rentrer à deux cents pour cent. Réponse du physionomiste qui te dévisage comme si tu étais de la vermine : « Désolé, c'est réservé aux habitués ». Tu as beau lui glisser en souriant : « Je veux bien devenir un habitué mais les habitués ont bien dû entrer un jour avant de devenir des habitués », il ne se marre pas du tout, t'ignore superbement et t'interdit d'entrer. Sentence sans appel : dégage.

Ceux qui, malgré tout, veulent sortir, se retrouvent ainsi relégués dans des boîtes ghettos aux portes de la ville. Nous, par exemple, on se retrouvait à la *Tour*, dans le XX^e^, mêlés à toutes les racailles en casquette et baskets, éjectés eux aussi des autres lieux d'amusement parisiens.

L'horreur.

Quand tu y arrivais, la queue basse, on fouillait le coffre de ta bagnole pour vérifier que tu n'avais pas apporté d'armes. De quoi rafraîchir ton enthousiasme. Du coup, les boîtes, c'est simple, je n'y vais plus. Définitivement écœuré. Si c'est ce qu'ils cherchaient, ils ont gagné.

Sauf qu'ils n'ont résolu aucun problème en nous virant parce que le type qui ne peut pas aller en boîte, que va-t-il faire le samedi soir à ton avis ? Pas se plonger dans Proust, je te le garantis. Il va rester au bas de son immeuble à fumer du shit et se lancer un jour ou l'autre dans le nesbi.

Sommes-nous réellement si dangereux que nous méritions d'être tenus à l'écart de toutes les activités sociales normales ? Vraiment, je ne le pense pas. Avec les gens de notre environnement immédiat, tout se passe bien. Nous avons rarement des altercations, l'entente est cordiale. Mais nous nous sentons exclus de tout ce qui est extérieur à la vie du quartier.

Quand tu allumes la télé, qui te parle ? Pas d'Arabes, pas de Noirs dans les programmes. Ce n'est quand même pas Nagui qui va nous représenter ! Le seul dont nous nous sentons vraiment proches, c'est Jamel Debbouze. Jamel, je l'ai croisé un jour, lors d'une soirée où j'avais exceptionnellement pu entrer. C'est un type qui ne se la pète pas et qui connaît les sujets dont il parle. Lui seul comprend notre vécu et le relate à des heures de grande écoute. Voilà un des nôtres qui fait la une des journaux. Ce n'est pas bézef, tout de même.

Au niveau des hommes politiques, même absence, tu remarqueras. Combien de politiciens connus sont-ils noirs ou d'origine arabe ? Zéro ou presque. À une ou deux exceptions près (des gadgets destinés à nous démontrer qu'on s'occupe quand même de nous), nous ne sommes pas relayés dans les instances officielles. Exclus là aussi. Nous pouvons difficilement échapper à l'impression que personne ne veut de nous sous ces latitudes.

Paradoxalement, le seul qui ait l'air de s'intéresser à nous et qui parle franchement de discrimination positive, c'est Nicolas Sarkozy, mais on ne peut pas s'empêcher de penser qu'il tente une récup' électorale sur notre dos. Au moins ne nous ignore-t-il pas, ce qui est la pire des choses.

N'empêche, quand on nous parle de la France et de sa générosité à notre endroit, on reste plutôt sceptiques, tu vois. Rappelle-toi avril 2002 !

Nous avons tous la nationalité française, bien sûr, mais sans nous sentir intégrés. Ce « grand pays », nous y vivons sans en être membre à part entière. Même les Blacks américains en révolte contre le système disent : « Je suis Black » et ajoutent ensuite avec une pointe de fierté dans la voix : « Je suis américain ». Nous, nous ne précisons pas que nous sommes français, nous ne brandissons jamais notre nationalité. Les « de souche », on les appelle les « céfrans » ou les « babtous » pour nous distinguer d'eux. C'est bien qu'il y a un malaise.

Pourquoi nous fait-on ressentir si durement que nous ne sommes pas « chez nous » en France ? Mon père est né en 1936 en Algérie quand c'était encore un département français. Ma mère est française à cent pour cent. Mais en 1993, lorsque je suis revenu du bled, j'ai dû passer devant le tribunal administratif pour savoir si j'étais français. Je ne demandais pas qu'on me déroule le tapis rouge, mais il y a des limites à l'humour noir tout de même.

On voudrait nous rabaisser à tout prix qu'on ne s'y prendrait pas autrement.

La colonisation puis la décolonisation de l'Algérie ont laissé de graves séquelles entre nos deux peuples. La situation est telle que je n'ai jamais pu dire à mes amis de là-bas que j'ai accompli mon service militaire en France, ils m'auraient qualifié de « collabo ». Dans les petits villages, les gens se souviennent encore des atrocités commises par les Français. J'ai un oncle qui s'est fait sodomiser à la bouteille par des soldats français. Ça ne favorise pas le dialogue des cultures.

J'ai été nourri de telles anecdotes durant toute mon adolescence. Et pourtant je te jure que je n'en veux pas aux Français. Je n'oublie pas que de nombreux hexagonaux ont aidé l'Algérie à se libérer.

Et je me dis que ce serait bien que les Français aient la même démarche vis-à-vis de nous, sûr que tout irait mieux si les préjugés n'étaient pas si vivaces.

Première chose à éviter ? Diffuser les pires clichés sur notre compte, bien sûr.

Les journaux ont fait tout un plat de la Marseillaise sifflée lors du match France-Algérie. Il se trouve que j'étais avec Rachid et son frère dans les tribunes.

Je vais peut-être te faire hurler, mais j'ai moi aussi sifflé la Marseillaise. Sauf que ce n'est pas du tout pour les raisons qu'on t'a dites. Ce n'est pas parce que je n'aime pas la France que j'ai sifflé. Je ne visais pas l'hymne, mais le jeu. C'était seulement stratégique, une façon comme une autre de mettre la pression sur les joueurs tricolores, comme ça se fait parfois dans les stades, sans qu'il y ait de scandale pour autant.

Lorsqu'en Israël la Marseillaise a été sifflée par les supporteurs Israéliens, les médias ont à peine évoqué le fait, n'est-ce pas ? Toujours est-il que ce n'était pas en France, encore moins au Stade de France, et qu'ils ne sont pas français. Mais que dire des sifflements corses au Stade de France, lors de la finale Lorient-Bastia le 12 mai 2002 ?

Quoi qu'il en soit, nos sifflements sont devenus une affaire nationale qui a rempli les colonnes pendant plusieurs semaines. On aurait dit que nous étions en guerre civile. Que des meutes de hors-la-loi allaient submerger le pays.

Ce n'était pourtant pas bien méchant, à peine plus gonflé que lorsque Serge Gainsbourg a transformé l'hymne national en chanson reggae. Rien de politique et encore moins de racial.

Preuve que ce n'était pas agressif de notre part ? Alors que la France a gagné 4 contre 1, il n'y a eu strictement aucune bagarre. Après la partie, tout le monde est reparti tranquillement chez soi en refaisant le match, comme dit Eugène Saccomano. Peu d'observateurs l'ont noté. Pourquoi ?

Parce que nos sifflets révèlent malgré tout que nous n'aimons pas la France ? Bien sûr que non. J'ai été l'un des hommes les plus heureux quand la France a remporté la coupe du monde en 1998. Et en 2000 j'ai vibré pour tous les matchs des Bleus. Pas seulement parce que Zidane est un Algérien, mais parce que je me sentais partie prenante d'une belle aventure sportive.

Maintenant, si tu me demandes ce que je suis, si je me

sens Français ou Algérien, je n'ai pas de réponse toute prête à t'offrir, c'est vrai. Je suis le fruit de l'union entre un Algérien perdu et une Française perdue. Je suis un enfant perdu. Je ne me sens chez moi nulle part. J'essaye de vivre aussi bien ici que là-bas. Je fais ce que je peux. Mets-toi une seconde à ma place et réfléchis au grand écart que je dois accomplir chaque jour. Pas évident d'en sortir indemne.

Un autre cliché actuel, c'est l'antisémitisme. Tous les Arabes seraient antisémites ! Presque par nature. Des types font leurs choux gras en vendant ces salades. N'importe quoi. Nous aussi, les Arabes, nous sommes des sémites, c'est historique, culturel et linguistique.

Je viens de quitter mon ami Joël, qui fait de la téléphonie portable à Clignancourt. Sa mère vient de décéder, j'en étais désolé pour lui. Il va à son enterrement en Israël. Nous avons parlé de la façon dont les juifs s'occupent de leurs morts. C'est la même que la nôtre : il placent le défunt dans un drap blanc, l'enterrent dans le sable et mettent des dalles de bois autour. Nos peuples ont de nombreuses coutumes communes et une longue histoire en partage. Nous n'avons aucune raison sérieuse de nous faire la guerre à l'infini, ni de nous haïr à mort pour l'éternité.

S'il est vrai que la plupart de mes potes ont de la rancœur

vis-à-vis d'Israël, c'est parce qu'ils réagissent à l'injustice qu'ils découvrent à travers les médias. Déracinés, ils se sentent une proximité, une solidarité envers les Palestiniens chassés de chez eux.

Comment peut-il en être autrement ? Les accords d'Oslo ont été bafoués et il ne se passe rien. Alors mes amis, eux, dans leur cité, réagissent comme ils peuvent, avec les moyens du bord, c'est-à-dire le plus souvent en gueulant, en entretenant sans fin des polémiques. Quand un type vient sur les plateaux télé pour défendre Tsahal, après tout ce qui se passe là-bas, ils sont dégoûtés.

Moi-même, qui tente pourtant de dépassionner les conversations et qui ai beaucoup apprécié Arno Klarsfeld au procès de Maurice Papon, je n'ai pas compris que ce mec ait osé sortir un livre consacré à la gloire de l'armée israélienne, où il a fait son service. C'est jeter inutilement de l'huile sur le feu.

Du coup, certains d'entre nous font la confusion entre juifs et pro-Sharon. C'est aussi bête que de dire que tous les Arabes sont des voleurs. La meilleure preuve, c'est que tous les juifs de France ne soutiennent pas les atrocités commises par l'armée israélienne dans les Territoires occupés. Seulement quand un rabbin comme le dénommé Fahri se poignarde lui-même en faisant croire que son agresseur parle arabe, il cherche quoi ? À semer de la discorde entre les communautés ?

Dieudonné se trouve aujourd'hui dans l'œil du cyclone. On lui reproche à lui aussi d'importer le conflit israélo-palestinien en France. Je suis allé voir ses spectacles plusieurs fois. Je l'ai kiffé à mort lorsqu'il a parodié les musulmans en évoquant l'attentat du 11 septembre. Je n'ai pas été choqué qu'il caricature un imam, ni qu'il se moque de ma religion. C'est sa profession, on le paye pour ça.

Alors son fameux sketch chez Fogiel, où il se grime en colon extrémiste, je n'y ai rien trouvé de spécialement choquant non plus, je te l'avoue, et d'ailleurs il s'est plus tard excusé auprès des Juifs qu'il avait peut-être blessés.

En revanche, je ne le suis pas lorsque je l'entends dire chez Ardisson qu'Israël propage le sida. Là, il part en couille. Il faut raison garder, comme le dit une vieille formule française. Il suffit de faire la part des choses, et je pense y parvenir assez bien, en prenant un peu de recul.

Moi, perso, j'ai autant de peine quand un enfant juif est agressé que lorsqu'il s'agit d'un arabe. Peu m'importe l'ethnie. J'ai versé une larme quand j'ai vu *La Liste de Schindler*. Quand je regarde un documentaire sur la déportation des juifs, lors de la Seconde Guerre mondiale, mon âme ne reste pas insensible. C'est exactement comme s'ils étaient de ma famille. Mes émotions se fondent sur la souffrance réelle, pas sur l'origine supposée. Je comprends que les Israéliens réagissent aux poseurs de bombe, mais ils ont aussi des devoirs à respecter envers les populations palestiniennes. Une fois qu'ils le feront, ça ira mieux, j'en fais le pari.

Quand je vois des soldats juifs préférer aller en prison que faire la guerre, je me dis qu'on est sur la bonne voie.

En attendant, à Clignancourt comme dans les cités de banlieue, nous pâtissons de l'image dont on affuble les musulmans depuis le 11 septembre 2001. Aux yeux du monde, nous sommes tous, et un cinquième de l'humanité avec nous, suspects d'être des terroristes ou, au mieux, des sous-développés du cerveau. Tout ça parce qu'il existe des excités qui mettent en pratique un Islam fondamentaliste à des dizaines de milliers de kilomètres d'ici.

Note qu'il existe, dans le même temps, en France, un certain nombre de prêtres pédophiles mais qu'il ne viendrait à l'idée de personne d'assimiler les catholiques du monde entier à ces détraqués de la braguette.

Deux poids, deux mesures, comme d'habitude.

Le message du Coran est universel et non communautariste. On évoque souvent les prescriptions juridiques et pénales du Coran, mais elles ne recouvrent qu'une infime portion du Livre. La grande majorité des versets traite de la foi et de la morale, de la « voie droite » pour accomplir la volonté de Dieu.

Sais-tu que sept-cent-cinquante versets du Coran recommandent l'étude des sciences ? Personne ne le dit jamais.

Dans l'émission *Cent minutes pour convaincre*, Nicolas Sarkozy a contraint Tariq Ramadan à dire publiquement qu'il réprouvait la lapidation des femmes. Moi, je veux bien. Mais s'il est en effet écrit dans le Coran que la femme qui commet un adultère doit se faire lapider, il faut également signaler que selon ces mêmes textes l'homme qui commet l'adultère doit lui aussi connaître ce terrible châtiment. Quand un Taliban lapide une femme sur un terrain de foot en laissant les hommes adultères tromper leurs épouses, il a donc lu le Coran de travers.

Je ne veux pas dire qu'il faux lapider à qui mieux mieux, hommes et femmes, évidemment ! Il faut que les mentalités évoluent, et vite. Mais je dis qu'il est faux de prétendre que l'Islam soit hostile aux femmes. C'est comme le code civil, certains le servent à leur sauce, l'interprètent de travers, au gré de leur fantaisie ou de leurs intérêts.

Tu sais ce qu'écrivait Saint-Paul ? « Femmes soyez soumises à votre mari » et encore : « Si la femme ne porte pas le voile, qu'elle soit tondue. » L'Église s'est pourtant transformée et adaptée à son temps. Les islamistes offrent une version qui n'a rien d'exclusive et qui s'écarte même profondément de l'originale, par sa rigidité et son extrémisme. Mais c'est aux musulmans de faire évoluer la lecture du Coran. Et sans pistolet sur la tempe ni bombe dans leur salon !

C'est exactement le contraire qui se passe. J'ignore qui a véritablement téléguidé les attentats contre le World Trade Center et le Pentagone, mais pour moi, il est impossible que de vrais musulmans, c'est-à-dire des mecs qui pratiquent convenablement leur religion, aient accompli ça.

L'Islam interdit de s'en prendre à des ennemis désarmés, aux femmes, aux enfants, aux vieillards. Moi-même si je n'ai tué personne, c'est grâce aux préceptes du Coran. Les autorités américaines auraient dû tout de suite énoncer ce distinguo, au lieu de parler de « guerre de civilisation » sur toutes les ondes. Elles auraient dû préserver un espace de dialogue au lieu de faire feu de tout bois et déclarer des guerres sans fin.

Oussama Ben Laden est-il le responsable des attentats ? Je n'en sais pas plus long que toi, donc je ne vais pas jouer au plus fin. Mais la question m'a traversé l'esprit comme celui de chaque musulman.

Grâce à Ben Laden, épouvantail ou non, les Américains ont trouvé le prétexte idéal pour attaquer tous les pays qu'il leur importait de contrôler. Quand tu vois le film *Fahrenheit 9/11* de Michael Moore, Palme d'or à Cannes, tu comprends l'essentiel. Pourquoi ne vont-ils pas en Corée du Nord, les Ricains ? Parce que ce pays possède la bombe atomique ? Vraiment, ça te fout la rage. Ils sont allés en Irak pour le pétrole, le plus con des plus cons des plus cons des banlieusards l'a compris !

Un truc tout simple pour piger les raisons du malaise : les États-Unis restent le pays le plus riche du monde, mais aussi le plus endetté. Ils sont sur la mauvaise pente, ils essaient par tous les moyens de la remonter en sens inverse.

Quand je vois un Pierre Lellouche ou un Alain Madelin tenter de leur trouver des excuses en parlant de liberté et de droit d'expression, alors qu'ils n'en ont rien à branler, ça me fout en rogne. La liberté à la sauce U.S., c'est en réalité le libéralisme totalitaire, le mépris de la vraie liberté humaine. Ne jamais oublier qu'ils ont fait passer la population indienne de dix millions à deux cent mille ! Au Vietnam : quatre millions de morts. Au Timor oriental : deux cent mille. En Amérique latine et grâce à leurs sous-fifres: deux cent mille. J'en passe !

Sais-tu que plus d'un million d'Américains sont en ce moment même emprisonnés, et trois millions sous contrôle judiciaire ?

Dupés par l'image de Ben Laden, plein de jeunes révoltés de nos cités le prennent en modèle et en font une sorte de nouveau Che. Ils devraient être plus prudents. L'histoire du passeport de Mohammed Atta retrouvé nickel aux pieds des tours encore fumantes du World Trade Center devrait les inciter à la réflexion.

Le Français Zarkaoui lui-même a nié sa participation pendant deux ans : il n'a avoué être coupable qu'après qu'il ait été torturé mentalement.

Quand je découvre à la télé, dans le magazine *90 Minutes* sur Canal plus, qu'un dénommé Jamel Zitouni, jusqu'alors considéré comme un terroriste du G.I.A., ne se révèle finalement pas islamiste, je me dis qu'on nous dupe pour de bon, et je me méfie de tout ce que je vois et entends.

La réalité, c'est que chaque année trente millions d'êtres

humains (chiffres de l'U.N.I.C.E.F.) dont près de la moitié d'enfants, meurent de faim et de malnutrition dans le monde.

C'est ça, d'abord, qui devrait changer.

Tu veux que je te dise quand je me suis senti fier d'être français ? Quand le Président Jacques Chirac et Dominique de Villepin, alors ministre des Affaires étrangères, se sont opposés à cette sale guerre en Irak. Ce jour-là, mon cœur était sincèrement tricolore.

Tu veux savoir quand j'ai eu honte de ce pays ? Lorsque ce même gouvernement a fait passer sa loi sur la laïcité. C'est à n'y rien comprendre. Nous sommes dans un pays laïque, ce qui signifie par définition que l'État ne s'occupe pas de religion, qu'il laisse les gens croire ce qu'ils veulent et pratiquer la religion de leur choix.

Si des filles veulent porter le voile à l'école, ce n'est pas par provocation, ni par sympathie pour les islamistes, comme l'ont prétendu beaucoup de chroniqueurs, mais simplement parce qu'elles ont lu le Coran où il est clairement spécifié qu'elles doivent être voilées. Il ne devrait pas y avoir de problème. Le fait qu'on les ait exclues, et qu'on continue de le faire, est un scandale sans nom.

En quoi cela peut-il faire du mal aux élèves de côtoyer une camarade voilée ? Moi, ça ne me dérange pas si une bonne sœur se pointe à l'école avec sa cornette !

Je te signale que le voile n'est pas un signe ostentatoire. Porter une croix n'est pas un devoir, n'est-ce pas ? Tu la portes parce que tu veux témoigner devant les autres que tu es chrétien. En voilà un, de signe ostentatoire. Mais porter le voile n'est pas un choix, c'est un devoir pour une musulmane, inscrit en toutes lettres dans le Coran. Pourquoi ne pas en tenir compte ? Parce que ce sont des « bougnoules » ?

Je veux bien qu'on fasse évoluer les comportements, mais il faudrait commencer par parler, éduquer, et ne pas réprimer à tout bout de champ. Je t'en parle d'autant plus librement que je suis un drôle de musulman. Ma religion ne me définit pas comme tel. Dans ma religion, si tu crois sans pratiquer, tu n'es pas considéré comme musulman. Or, j'ai vendu de la came, fait tapiner une femme, et le shit est formellement interdit par la loi islamique. Ajoute que je ne fais pas mes prières et tu auras un bilan complet de l'état de mon âme. N'empêche que je me tiens informé et que je sais pertinemment que ce n'est pas en prenant des mesures pareilles qu'on va réussir à nous intégrer. La vie politique française, comment se sentir concerné ? Dans notre quartier, on apprécie Bernard

Tapie, l'image idéale du magouilleur qui arrive toujours à s'en sortir, l'exemple type du mec qui peut s'exprimer sans utiliser le langage du politicien à deux balles. Est-ce un bon modèle ? Va savoir. Mais il est écouté. Ses collègues devraient s'en inspirer.

Les autres ? Il n'y en a pas beaucoup d'intéressants. Arnaud Montebourg, j'adhère un max, c'est un des seuls à avoir demandé à ce qu'on traduise Chirac en justice. Sinon ? Olivier Besancenot m'a ému chez Ardisson quand il a pleuré parce qu'un invité l'avait traité d'antisémite. Mais seront-ils un jour aux affaires et parviendront-ils à nous faire participer à la vie de la nation ? De toute façon, je n'ai plus mon mot à dire sur la question, puisqu'on m'a retiré mes droits civiques pour cinq ans... La loi est structurée pour jeter en prison des mecs comme moi. Pour nous extraire momentanément de la société, afin qu'on arrête nos bêtises pour un petit bout de temps.

Mais à ta sortie, plus rien, c'est à toi de bouger ton cul. Les autorités ne s'occupent plus de toi, sauf si tu recommences tes activités délictueuses. Elles devraient au contraire nous aider à éviter de refaire les mêmes conneries. Mais non, ils te relâchent dans la nature, sans repère, sans conseil, sans formation, démerde-toi petit con.

La répression ? D'accord. Mais il faut qu'il y ait quelque

Porte de Clignancourt

chose derrière pour te remettre en selle, sinon à quoi sert la prison ? Ils devraient commencer par nous aider à trouver un job décent. En ce moment, j'ai déniché un vieux Contrat emploi solidarité (C.E.S.), dans une annexe de la mairie, vers Bastille. Je gagne cinq-cent-quarante-six euros par mois à raison de vingt heures par semaine. Sans même parler du salaire quasi-inexistant, le boulot en lui-même est épouvantable. Ce n'est pas qu'il soit difficile, non, bien au contraire, mais qu'est-ce qu'on s'ennuie ! Tu fais de la présence. Tu ne te sens pas désiré. Pas intégré. On te met dans une sorte de parking, pour que tu la fermes cinq minutes, mais ça ne règle rien. Que tu y ailles ou pas, c'est pareil.

Comme tous les dealers ou autres lascars qui font appel à cette économie souterraine des quartiers ou des cités, nous avons évolué dans une atmosphère qui ne nous a pas laissé le choix. C'était soit ça, soit rien. C'est donc pour cela que nous nous sommes retrouvés dans la Matrix de la délinquance. Nos vies ne sont pas faciles. Nous sommes pour la plupart des cas sociaux que l'État a laissés au dépourvu. Il nous a négligés, ignorés, délaissés…

Rends-toi compte, ils ont même créé des C.E.S. pour aider les gens à traverser la rue. On nous prend pour des cons ou quoi ? C'est sans doute très bien pour faire baisser artificiellement le chomdu, mais il n'y a aucun avenir là-dedans. Et de toute façon, ton C.E.S. ne dépasse pas les deux ans.

Résultat, le rmiste qui veut décrocher se demande vraiment si ça vaut la peine de bosser pour cent euros de plus par mois. À tous les coups, il va préférer se lancer dans le nesbi.

Quand un enfant voit un grand frère se casser la tête à avoir des bonnes notes pour obtenir un emploi qu'il n'aura jamais, quand un enfant voit un grand frère faire du nesbi et tout avoir sans le moindre effort – des biens réels mais éphémères –, son choix est vite fait.

Ici, quand tu vas voir plusieurs employeurs pour travailler, t'as 99% de chances que ta candidature soit refusée. Quand tu vois que pour pouvoir ranger des boîtes de conserve dans une grande surface on te demande une lettre de motivation, que dire ? « Je souhaite travailler chez vous car depuis tout petit j'ai toujours rêvé d'aligner à la perfection des boîtes de conserve » ? Avoue, ça ne le fait pas trop. Tandis que si tu vas voir un grossiste pour qu'il te donne la malchance et l'opportunité de dealer, celui-ci ne regarde pas ton c.v.. Il t'embauche tout de suite.

Le malaise est là.

Et tout recommence.

# TOURNER LA PAGE

Seulement moi, je ne veux pas recommencer, voilà le truc. Finies, les années toboggan du « oui » à tout prix, sans m'inquiéter des conséquences.

J'ai commencé ma vie à l'envers. Au lieu de m'opposer à tout, comme le font les gamins, j'ai tout accepté sans distinction. Sans m'interroger pour savoir si ce que je faisais était bon ou mauvais, pour moi et pour les autres.

Si j'étais passé sur son divan, Françoise Dolto n'aurait rien capté à mon cas. Elle m'aurait foutu à la porte, la mère de Carlos.

Pause. Le temps est venu où je dois m'évertuer à dire « non ». À claironner « non » sur tous les tons. À bon escient bien sûr, arrêtons d'être idiots. Non au deal, non au nesbi foireux, non à l'illégalité comme système de vie, non au fric à l'origine douteuse, non à la clientèle exigeante à satisfaire coûte que coûte, même si j'y laisse ma peau.

À gueuler « non ! » à la terre entière s'il le faut, sans me soucier de ce que va penser mon entourage.

J'y suis décidé. C'est la seule ligne d'horizon qui s'offre à mon regard. Mais il va me falloir apprendre à prononcer ce mot pour lequel je n'ai pas été formaté : « non ».

Pour moi, ça ressemble à un saut dans le vide.

Le temps de la retraite est venu, rien à faire. Bientôt trente piges, criblées par quatre années de taule. Je sais bien que ça ne peut plus durer. Un dealer de trente ans ressemble à un papi qui fait la sortie des écoles. À quarante, ça devient carrément sordide. Tu ne peux plus te regarder dans la glace, car tu y observes le reflet de ton inexorable déclin. Il faut te magner avant d'avoir la honte de ta vie et de te fuir toi-même à grandes enjambées.

J'arrive à un âge où je m'interroge sur le sens de ma vie,

où je deviens comptable de mes actes. On dit qu'à trente-cinq ans, on a la gueule qu'on mérite. Peut-être aussi qu'on a la vie qu'on mérite. J'ai peu d'années devant moi, je suis au pied du mur. À moi de faire mes preuves dès maintenant.

Des scrupules à vendre du shit ? Oui et non. Je ne renie rien. J'ai assumé, j'ai payé, chèrement, le prix de mes bêtises. Je me suis bien amusé, j'ai bien ri, je me suis fait dans le milieu des amis extraordinaires même si la société leur fait porter le chapeau de ses propres turpitudes et les traîne dans la boue à longueur de colonnes.

Il n'y a pas eu mort d'homme tout de même. On a juste vendu à des types consentants un moyen de se procurer un plaisir illicite sans dommage pour leur santé. Il y a pire activité, sur cette terre.

Des regrets ? Pas vraiment. Ce n'est pas le problème, je ne me retourne guère sur mes propres pas. Mais je n'ai aucune envie d'avoir des remords, et cela seul compte à mes yeux.

L'avenir, voilà ce que j'ai en ligne de mire. J'ai envie qu'il soit ensoleillé, cet avenir. Qu'il sente bon les parfums d'Orient. J'ai besoin de chevaucher ma vie comme un pur-sang, comme un tigre. Il faut que j'arrête mes conneries maintenant. Aujourd'hui même, pour éviter de me dire dans quelques années que j'ai laissé échapper une chance lorsque je prenais conscience qu'il fallait changer de vie. La vie ne repasse pas les plats.

Depuis ma dernière sortie de prison, chaque jour je me prends la tête entre les mains et je dresse le bilan. La taule, le shit. Le shit, la taule. Un doigt dans la coke. Des vols divers et variés. Des combines à toutes les sauces. La mise d'une pute sur le trottoir. Les bas-fonds. La répression. Le jeu de cache-cache avec les flics. Spirale sans fin.

Résultat ? Pas fameux. J'en ai ma claque. Marre de la galère. Marre de tourner en rond dans une cage à hamsters. Marre que ma vie soit un tunnel sans point de lumière à la sortie.

Lorsque je me couche au petit matin, de drôles d'images tourbillonnent dans ma tête. J'essaye de m'en détacher pour me projeter dans les dix années qui s'ouvrent devant moi, imaginant ce que pourrait être ma vie en dehors de ce contexte, sans la dope, le paquet de fric qu'elle rapporte et les ennuis qui vont avec. Je me concentre comme un médium en train d'observer sa boule de cristal. Je sue à grosses gouttes. Pas grand-chose ne me saute aux yeux, hélas ! Ce qui se dessine est difficile à interpréter. Mes rêves sont confus, mon esprit fait du sur-place.

Normal, je traîne un gros boulet à l'autre bout de mes rêves. Les espoirs que je pourrais nourrir se fracassent contre la réalité du moment. Mon actualité n'est pas bandante, je vis nuit et jour dans l'attente étouffante d'un jugement qui ne vient pas. Et qui risque de me conduire derrière les verrous une fois encore.

Pour un, deux, ou trois ans.

Vieille habitude de taulard, je m'attends toujours au pire, une façon comme une autre de ne jamais être déçu à l'annonce du verdict. Seulement cette épée de Damoclès suspendue au-dessus de ma tête ne contribue pas à éclaircir ma vision de l'avenir. Elle a même tendance à la paralyser.

En attendant ce moment de vérité, je me comporte du mieux que je peux, avec l'aide de Dieu. Et je me dis que si je dois retourner en prison, il me faut d'ores et déjà mettre à profit ma liberté pour préparer les années qui suivront. Prendre des contacts, placer des jalons, accumuler les bonus, marquer des points, faire surgir le meilleur de moi-même, me faire connaître sous un nouveau jour.

Vaste programme !

Une certitude : ne pas attendre que l'État s'occupe de

moi. À ce compte-là, je dealerai encore à soixante piges. La contrainte avec laquelle je dois composer : m'en sortir par mes propres moyens. M'extraire moi-même de la mouise dans laquelle je me suis enfoncé jusqu'au cou.

Heureusement, je ne suis pas complètement isolé, j'ai tout de même un auxiliaire dans cette entreprise. Un seul, mais de taille. Le meilleur que je pouvais espérer : Andréa.

Je ne t'ai pas encore parlé d'Andréa, parce qu'on réserve toujours le meilleur pour la fin, n'est-ce pas ?

C'est Andréa qui est à l'origine de ma prise de conscience et de mes nouvelles résolutions. C'est elle qui a tout enclenché, qui m'a aidé à m'engager dans le long chemin de la rédemption. Elle y est parvenue sans me donner les leçons de morale que j'aurais forcément recrachées. Sans me donner le choix entre elle et le shit, comme l'avait fait Naïri (bilan : une rupture). Andréa n'a jamais cherché à me forcer la main. C'est sa simple présence, son aura, ses yeux, sa bouche, ses cheveux, qui me donnent à méditer. Ainsi que nos discussions du soir, du haut de son cinquième étage.

Andréa est journaliste. Je l'ai croisée par hasard… Mais le hasard existe-il ? Peut-être que je la cherchais malgré moi chez les filles précédentes. Peut-être aussi qu'elle m'était destinée depuis ma naissance, alors que je traînais dans un bar de la Porte de la Chapelle, peu de temps après ma sortie de la Santé. Travaillant à la Plaine-Saint-Denis, elle prenait sa pause déjeuner dans ce bistrot vaguement crasseux où j'ai mes entrées.

Dès que je l'ai vue, j'ai su que c'était elle, comme on dit dans les romans à l'eau de rose.

Un ange. Un miracle.

Et en face d'elle, entrant d'un pas assuré, sa clope au bec, un sale petit démon : ma gueule.

Nos yeux se croisent furtivement. Je lui offre un crème, elle ne le décline pas, me sourit langoureusement. C'est ainsi que commencent les plus belles histoires d'amour, non ?

Tu te croyais dans un livre noir ? Bienvenue dans la collection Harlequin !

Grande italienne racée originaire de Trieste, brune, un style à tomber par terre (on dit que le style fait l'homme, mais là je te jure qu'il fait la femme), une cambrure qui rendrait malade une danseuse du *Crazy Horse*, cultivée comme la Bibliothèque Mitterrand, subtile, drôle, Andréa est sur-le-champ devenue le grand amour de ma vie.

Brillante et bandante : je n'ai jamais connu ça. Mais je me suis vite adapté. C'est elle, ma nouvelle drogue. Et je me la garde pour moi, rien que pour moi.

Comme je suis retourné habiter chez ma mère depuis quelque temps (elle a laissé tomber cette enflure de Carlos), nous ne vivons pas ensemble, avec Andréa. Nous nous voyons chez elle, rue de Courcelles, deux ou trois soirs par semaine.

Nous discutons longuement sur sa terrasse, à deux pas de l'Arc de Triomphe. Nous faisons ensuite l'amour comme des sauvages, sous son ciel de lit. Nous avons du mal à nous quitter, mais elle a sa vie, ses voyages, ses enquêtes, ses interviews. Et j'ai la mienne, moins resplendissante – pour l'instant – et plus sédentaire.

Andréa m'extrait peu à peu de ma gangue. Alors que nos milieux sociaux devraient nous opposer, nous figer en ennemis de classe, c'est la fille avec laquelle j'ai le plus d'atomes crochus au monde. C'est la force des gens sur les carcans du monde. La revanche de la vie sur la théorie.

La première fois que je suis monté chez elle, je l'ai surprise et amusée lorsqu'elle s'est aperçue que je n'étais pas un fondamentaliste du rap, comme le croient souvent les bourges qui caricaturent tout ce qui a trait aux Rebeux. Eh oui, j'apprécie comme elle certaines chansons de De Palmas et Zazie, et même de Julio Iglesias ! J'en ai tout de même profité pour lui faire écouter le meilleur du rap français : la Funky Family, Mafia K1 Fri ou Sniper et elle a été conquise.

Aujourd'hui, elle en vient à faire la fine bouche, comme moi, sur le rap américain, sur lequel j'ai de nombreuses réserves : personne ne pige rien à ce qu'ils racontent, alors pourquoi s'en enticher ? Juste parce que c'est amerloque ?

J'ai tout de suite adoré qu'elle déteste comme moi les boîtes de nuit. Qu'elle préfère rester avec moi, corps contre corps, durant des heures entières. Enfin de la douceur. Enfin du raffinement. Son contact me fait du bien. Me guérit.

Et qu'est-ce que j'aime son parfum, mon frère ! Il exhale le luxe et les voyages. Le ciel bleu. Le grand soleil de midi. La mer à perte de vue. La liberté. Tu connais ça ? Je te le souhaite.

Andréa me transforme chaque jour. Par ses caresses, l'amour qu'elle me prodigue et ses conseils, elle m'a aidé à me désintoxiquer des machines à sous et du jeu.

RUE
BELLIARD

En usant des mêmes recettes, elle est en train de me sortir définitivement du deal et de ses appâts. Je suis un patient modèle.

C'est elle qui prend l'initiative de me mettre à ma table de travail, comme un écolier : « Kader, lève-toi, mon amour, le *Power Book* est allumé, il t'attend ! »

Je m'assois au bureau, et, sans trop réfléchir, je tape, tape, tape les phrases comme elles viennent.

Le livre prend forme de cette façon, au hasard des lignes. Les histoires se chevauchent, pas toujours dans l'ordre. Je suis maladroit. C'est la première fois de ma vie que je tente cette expérience : ça me change des mots que je traçais sur les pages des livres de prison.

Est-ce que je dis toute la vérité, dans ce livre ? Grave question. Bien sûr que oui et bien sûr que non. Comme l'écrit Edward Bunker, à la fin d'*Aucune bête aussi féroce* : « Les imbéciles croient que la vérité est chose facile, j'ai découvert qu'elle était pénible et dure. Les faits que j'ai décrits sont réels, mais les faits et la vérité ne sont que cousins, ils ne sont pas frères et sœurs. »

La pensée n'est complète que lorsqu'elle s'est fixée dans les mots, alors, je te livre ici le fond de ma pensée et de mon âme en toute sincérité. En espérant m'approcher de la vérité.

Il ne faut pas se leurrer. Depuis que j'ai arrêté de vendre du shit, quelque chose me manque. Je ne te parle pas seulement de l'argent que le deal rapporte, car on charbonne et on risque de manger la gamelle pour l'obtenir. Ce qui manque surtout ce sont des relations humaines que la vente me procurait, ainsi que les conditions de vie qu'elle entraînait. J'étais dehors, à l'air libre, et j'étais en quelque sorte mon propre patron. Je me sentais – ne ris pas – responsable. Mais les temps changent, je le vois bien. La place Clignancourt, ça se termine, avec ou sans moi. Je n'oublie pas que je vis dans ce quartier, et non dans le XVIIe chicos, où je n'ai qu'une attache paradoxale et aléatoire, qui peut me quitter demain pour aller faire un reportage à Los Angeles ou une interview à Lima.

Lorsque je reviens de la rue de Courcelles, je zone sur la place et je dois me rendre à l'évidence : l'ambiance d'hier n'y est plus. Encore une raison de tout arrêter net.

Avant, il y avait une atmosphère particulière, ici. Un air de *far west*. Pas comme le fantasmait le gros Philippe L., non, ce n'était pas une histoire de flingues, ni de grosses couilles qu'on dégaine, mais c'était l'aventure dans sa dimension originelle. Il y avait tout à faire. On squattait pour le plaisir. Le plaisir était une notion qui faisait marcher le commerce. Celui d'être ensemble comptait beaucoup. Je n'aurais jamais été dealer si je ne m'étais pas fait autant de potes dans le coin.

Mais vraiment trop de mecs sont allés en prison, et ça nous a tous plombés. Tout est retombé comme un soufflet. Depuis septembre 2004, la plupart de mes potes sont au placard. Lorsque j'en suis moi-même sorti, je n'ai retrouvé presque aucune de mes anciennes relations.

Le shit a quasiment disparu de la place. Aujourd'hui, le mec qui veut s'offrir une barrette se fera au mieux orienter, au pire carotter, fais gaffe, l'ami. Même les Abbesses ont fermé. Dans le XIX$^{e}$, il n'y a plus guère de putes, c'est dire que tout se casse la gueule.

La roue tourne. Le *crack* règne en maître dans la région, maintenant. Avec ses cohortes de dos cassés qui arpentent les rues à la recherche de leur dose, les yeux éteints, la cervelle en compote. Pas beaux à voir.

La coke s'est installée doucement dans le coin, vers 1996. À l'époque, elle était taboue, réservée à l'usage des riches des beaux quartiers, au showbiz. Personne n'en parlait. J'ai appris bien plus tard que certains de mes amis en vendaient. On se cachait. Aujourd'hui, le consommateur c'est monsieur Tout-le-monde. Le processus démocratique s'est enclenché. Les prix ont considérablement baissé, tu en trouves dorénavant pour soixante ou quatre-vingt euros le gramme.

Côté dealer, tu te fais plus de fric pour de moins grandes quantités de dope. Au début, les vendeurs étaient surtout des Sénégalais ou des Zaïrois, maintenant c'est n'importe qui, des types qui rôdent le soir en quête d'argent facile.

J'ai décroché une fois, ce n'est pas pour y retomber quand ça devient glauque.

J'ai d'autres envies. Si le juge m'en laisse le temps et si le procureur me donne l'autorisation de quitter le territoire, je compte bientôt accomplir un grand voyage : aller revoir mon père en Algérie. Je ne l'ai pas revu depuis 1993. À chaque fois que j'ai voulu le saluer, je me suis fait péter, j'allais en taule.

Maintenant que je suis stable, j'aurai peut-être la chance d'aller l'embrasser et de serrer ma famille dans mes bras. Et de sentir le sable chaud sous mes pieds.

Ce matin, je me suis levé de bonne heure. J'ai arpenté les rues comme pour leur dire au revoir. Je sais bien que c'est faux. Je ne vais pas quitter Clignancourt, j'y suis trop attaché, ses bistrots, ses trottoirs, ses épiciers, je ne connais rien d'autre.

C'est symbolique. Je suis allé voir tous les dealers que je connais encore, beaucoup de jeunes désœuvrés qui tentent de survivre en se lançant dans des activités que je connais trop bien.

Ils m'émeuvent. On ne leur a pas donné leur chance. On ne leur offre pas l'occasion de s'en sortir. On ne leur donne jamais la parole. Tout ce qu'ils ont à dire, ils le gardent pour eux, comme dans un coffre-fort.

Alors je me suis muni d'une feuille blanche et du stylo que m'a offert Andréa et je les leur ai tendus, comme un journaliste, comme l'aurait fait Andréa, pour qu'ils y notent ce que qu'ils ont à dire. Aucun n'a refusé.

Chacun a un cri qui résonne au fond du cœur. Je place leur surnom en face de leurs graffitis :

Bis : « Notre amertume est lourde comme une peine de trente ans. Notre univers est sombre et de jour en jour, j'avance pour sortir de l'ombre. Zen, c'est cool, mais « peine » ça saoule. Où se trouve cette fraternité quand dans le métro, on nous regarde différemment depuis le 11 septembre ? Pourquoi dit-on « quartier populaire » ?

Pour sa mixité ou pour son destin amer ? Toujours la même merde en bas d'chez moi, c'est toujours l'ghetto, de plus en plus de flics et d'potos derrière les barreaux. Y a trop d'B.A.C., de crack, d'herbes, de prostitution. Trop de larmes, de drames et d'frérots sous pression. Dis-moi, y a quoi d'neuf, que dalle, rien qu'du bluff et l'soir tard les travs ont remplacé les meufs. J'te décris l'bitume, sa haine et son amertume. J'te décris l'malheur d'nos frères et l'manque de thunes. Les quartiers sombres d'Paname s'barrent en banane, ils se résument de shit, d'échecs et d'foncedé au *sky*. Pourquoi tant d'soucis, de visages aigris, de sœurs qui partent en vrille et plus aucun réel ami ? Tout ça m'fout l'cafard, dire que l'placard est devenu dérisoire et même passage obligatoire. Ici c'est cru, mec, et ça vient de la rue. »

Biey : « Si Clignancourt avait été un jardin, j'aurais été jardinier. »

Papy : « La vie c'est comme une scène de cinéma où chacun vient jouer son rôle et s'en va… »

Dinour : « Eh vilain, avant de vendre, réfléchis aux conséquences. Et puis oublie les amis. C'est tous des putes et ils essaieront de te poucave. Les frères, la mère, voilà pourquoi je bibi. Fais-en autant car ils iront encore plus loin pour toi. Parloir, mandat, shit. »

Chek : « Chez nous, c'est l'ghetto et sans les couilles t'as pas ta part du gâteau. »

Soso : «Le système a fait de nous des rats, est-ce qu'avec lui on avancera ? »

Heus : « Ils nous ont demandé d'être persévérants et endurants, je voudrais bien les voir, ces politiciens, dans notre situation. L'argent facile n'est que ruine de l'âme. Sarkozy a dit qu'avec le pouvoir tu as le savoir, mais où est la considération de la personne ? »

Yass : « Le deal ça détend un temps, mais le repentir c'est pour tout le temps. »

Smak : « Pensez à demain car demain ne pensera pas à vous. »

Hamza : « Tandis que la guerre ôte des âmes sur Terre comme un poison mortel dont nous détenons seuls le remède, certains ne pensent qu'à leurs affaires, oubliant leur peuple pourrissant dans son cercueil. Ici le bouche-à-oreille nous pousse à faire de l'oseille, alors au jour le jour, on suit les fluctuations du matériel, donc ne suis pas le bétail et n'oublie jamais le détail... »

L'Arabe : « Si tu sais pas ce que tu fais, n'en fais pas des tonnes... Quand on vit à cent à l'heure, on arrive plus vite au bout de la route. Appâté par le gain, tu prends le mauvais chemin, tu ruines ton grain et tu récoltes que des pépins. »

Momo : «Si j'ai connu une vie, dealer, c'est que j'ai quitté l'école en cinquième. Pas parce que j'étais mauvais. Mais parce qu'il n'y avait rien à manger dans le frigo. Le pire, c'était de voir ma mère pleurer. La vie n'était pas facile. Et la rue est pire. Alors prenez conscience que si on deale, c'est pas pour frimer, mais pour manger. »

Shido : « Les lois, de nos jours, c'est l'État arbitraire qui veut nous faire marcher au rythme du troupeau. Notre avenir est incertain, car c'est vrai que la Terre tourne mais du mauvais côté. Avant d'ouvrir les débats et de critiquer, venez voir ce qu'on voit. Et ce qu'on vit. Ensuite on verra. »

Hakim MB : « Il existe en France de très belles lois, mais elles sont faites pour les riches. »

Solo : « Notre quartier est un décor où seuls les toxicos sont les oiseaux morts. L'État veut nous aveugler à cause de son cœur hypocrite et endurci. Mon cœur a noirci à cause de ce récit. Un monde virtuel où ta tête est conditionnée, formatée. J'accuse l'État de son plaisir qui le mène à sa jouissance. »

Je reprends un instant la parole pour dire ceci :

« Je vous salue, mes frères, dont personne ne se soucie et qui êtes la cible d'une société en manque de boucs émissaires.

Je vous salue, mes frères, qui êtes derrière les barreaux à cause de l'appât du gain que tous les médias glorifient sans se soucier des conséquences.

Je vous salue, mes frères qui avez été condamnés à tort, pour des crimes ou des délits que vous n'avez pas commis, ou pour vos opinions marginales, politiques, religieuses ou philosophiques.

Je vous salue, professeurs qui travaillez dans des établissements où ceux qui vous envoient n'oseraient pas mettre les pieds et qui prodiguez avec amour à des gosses en difficulté le savoir qui leur fait défaut pour parvenir à s'extraire de leur condition.

À bientôt, à tous. In'ch Allah ! »

POLICE
POLICE

# ÉPILOGUE

## TENTATIVE DE RÉSURRECTION

Tu t'es déjà demandé ce que deviennent les personnages d'un roman une fois que tu as refermé la dernière page ? Que font-ils dans leur éternité de papier ? Comment agissent-ils dans d'autres situations que celles que l'auteur t'a narrées ? Moi, souvent. Ça date peut-être des contes de l'enfance : « ils se marièrent et eurent beaucoup d'enfants… » Ton imagination mouline, se projette à l'air libre, s'envole au-delà des étoiles vers des contrées indestructibles.

Seulement dans les livres « vrais », dans des récits comme celui que tu tiens en main, la question ne se pose pas. L'autobiographie n'offre pas ce genre de possibilités.

Il n'y a pas de petite échelle cachée ni de passage secret au bout du mur, pour permettre aux héros de s'enfuir dans un pied de nez. Pas de miracle dans cette zone, pas de cavale à l'infini. Les personnages y sont comme partout ailleurs, comme tout le monde : ils finissent un jour ou l'autre par mourir.

J'avais nourri l'idée d'écrire une postface une fois qu'on m'aurait remis derrière les barreaux – parce que je vais y retourner, quoi que je fasse (le juge ne me fera pas de cadeau) et que ce projet « littéraire » me faisait tenir. Et parce que ça avait du panache, de raconter la zonzon de l'intérieur, en douce, et que j'essaye toujours d'imprimer un certain style à mes actes.

Mon éditeur, ça lui mettait la pression, ce truc. Un livre qui serait comme un trait d'union entre mon ancienne et ma nouvelle vie rachetée, oui, d'accord, mais enfin de là à le finir en taule… Scali se voyait mal venir mendier chaque semaine au parloir les petits papiers que j'aurais écrit dans le dos de l'administration pénitentiaire. De toute façon, personne n'a eu à jouer les passeurs, étant donné que ce n'est pas tout à fait ainsi que l'histoire se termine (du moins celle que j'ai choisi de te raconter).

Le samedi 30 juillet 2005, j'ai pris la voiture avec mon pote Shid, direction Marseille. Le coffre déborde de bagages, j'ai envie de distribuer plein de cadeaux autour de moi. Mon père me manque, c'est terrible. Il m'a fait cinq petits frères que j'ai infiniment envie de serrer dans mes bras. Je suis pressé. Mon cœur bat comme un tambour. Il y a douze ans que je n'ai pas mis le pied sur ma terre.

Après vingt-quatre heures de bateau, nous faisons deux jours d'escale à Oran sous un soleil de plomb.

Une chose me gâche pourtant le voyage : ça fait cinq jours que je dois avoir mon père au téléphone et on ne cesse de me répéter qu'il est « sorti ».

Sorti ? Mon père ?

Tiens…

En attendant de le voir, Shid me conduit dans sa famille, à Mostaganem, près d'Oran. Mais j'ai du mal à dormir. Mon père est à 1000 km de moi. J'ai hâte, hâte, de l'embrasser.

Le mardi matin, je rappelle ma famille, sur place. On me dit à nouveau que mon père est sorti. Je commence à trouver cette situation excessivement louche.

On finit par me dire que mon père est subitement entré à l'hôpital.

SORTIE
PORTE DE CLIGNANCOURT

Je tente de trouver un vol Oran-Biskra, en vain. Je décide de partir avec Shid, en voiture. J'ai la chair de poule tout le long du trajet. Un gros doute m'envahit.

On avance, on avance. Arrivés à mon village, ma famille me demande de poser calmement mes affaires. Calmement ? Quand je demande à avoir mon père à l'hôpital, je devine, à travers leurs regards obliques et lâches, qu'il est arrivé un malheur.

Puis la femme de mon père, Afsa, arrive en pleurs.

Je comprends tout, subitement. Mon père est mort. Il est mort depuis dix jours. Il est mort le 20 juillet. Arrêt du cœur. Angoissé de ma venue, il en parlait à tout le village. Mon père est mort. En attendant fébrilement ma venue. En voulant me serrer sur son cœur, le sien a explosé.

Mon père est mort parce que j'allais le voir. Ils m'ont tous menti. Salauds !

Je pète un cable.

Et je m'isole pour pleurer en paix.

Je vais me recueillir sur sa tombe. Je suis seul. Seul. Terriblement.

Des vieux tentent de me raisonner. Le Prophète est mort, lui aussi, pourquoi mon père ne devrait pas le suivre ? Selon eux, j'ai eu de la chance d'avoir vécu quelques années avec lui. Ils me désignent un petit frère qui sera privé de cette présence. À ce qu'ils me disent, c'était écrit : je ne devais pas être là le jour de l'enterrement de mon père. C'est le destin.

Reste que je suis sonné. On me donne à manger, mais je n'arrive pas à avaler la moindre bouchée.

Je vais embrasser la sœur aînée de mon père, ma tante Khedjaa, orpheline comme lui. Je fais le tour de ma famille, leur donne toutes mes économies, pour que mes frères ne grandissent pas dans la gêne. Et puis je laisse tout le monde. Allez, ça suffit.

Je prends la voiture avec Shid. Car autant j'ai de la peine pour mes frères et sa femme, autant je m'aperçois que celle-ci et ses enfants ne sont pas perturbés par sa mort. Leur seule préoccupation est de savoir si je leur ai rapporté des affaires de France. Dépité par leur réaction, je décide de prendre du recul.

Une question me taraude : pourquoi ne suis-je pas venu avant ?

Vois-tu, frère, à la réflexion, je n'ai pas la prétention d'avoir écrit l'histoire d'une rédemption. Je ne m'estime pas sauvé. Personne ne l'est, ou tout au moins personne ne sait qu'il l'est tant que Dieu Lui-même n'a pas tranché. Ma vie ne suffira pas à régler cette question. Je vis, et après… On verra.

J'ai surtout voulu présenter mon histoire comme une tentative de résurrection. En me racontant, vaille que vaille, j'ai témoigné qu'on peut changer. Muer. Évoluer. Briser les murs de nos prisons mentales. Qu'on peut, à force de volonté et de persévérance, vivre plusieurs vies dans une seule. Des moches et puis des belles. Le tout est de ne pas finir sur une moche. Et d'en avoir plus de belles à présenter sur ton bilan pour ne pas être confondu avec un salaud.

Mais il faut croire que la résurrection, on doit en payer le prix. On ne joue pas avec impunément. Ta peau, tu la mets sur la table, et tu raques. Mon histoire est donc aussi une histoire de mort. D'un choc frontal avec la mort. La mienne, celle de ma vie passée, assumée puis radiée, dépassée. La mort d'un dealer. Et ensuite celle de mon père...

Mon père est mort à la fin de ce livre. Son fils, lui, d'une certaine façon, est mort dès le début. Mon père est de nouveau en vie, au Paradis, je l'espère de toutes mes forces. Et moi, en guise de conclusion, me voilà en route pour une renaissance à la vie. La vie sociale. En priant qu'elle aboutisse.

Une logique transparaît là-dessous. En filigrane. Inquiétante ? Malgré une fin en demi-teinte, je ne le crois pas. Je la sens radieuse, souriante, positive. Elle me transmet l'énergie et le courage de me battre, de continuer dans la direction que j'ai choisie avec l'aide de Dieu. Je ne suis pas certain de savoir en déchiffrer exactement le sens, mais justement une voix me parle au creux de l'oreille et me dit : « La vie s'écoule, éternellement renouvelée. »

Ce que je traduis par : « Il est midi, mec. À toi de jouer, maintenant. »

AUTO RADIO
SONY

## PETIT LEXIQUE DES JEUNES DE QUARTIER

**Babtou, céfran :** français

**Balnave :** simuler

**Bédave, niakser :** fumer

**Bédo, niak :** shit, joint

**Bicrave, bibi :** vendre

**Bolos :** client

**Bsahteck ! :** expression de contentement

**Caroter, rotca :** arnaque

**Cc :** cocaïne

**Comico :** commissariat

**Dicave :** regarde !

**Gadji, foufaille :** fille

**Gadjo :** le mec (de la gadji)

**Gueuch :** toxico

**Gova :** voiture

**Poucave :** balance, indic

**Keufs, chtars, rechtas, condés, bébecs, ahnouches :** flics, policiers

**Lolo, litron :** kilo

**Meuge :** gramme

**Nesbi :** bizness, commerce, vente

**Quet :** diminutif de galette, *crack*

**Parlu :** parloir

**Rodave :** grillé, connu des services de police

**Roro :** or

**Rouya :** frère

BOULEVARD D'ORNANO
BUS
PC3
56
85
166
255
AGENCE COMMERCIALE BUS -

# ÉDITIONS SCALI

## BEAUX LIVRES

*NOVA - 50 ans de looks*, par Marc-Alexandre Millanvoye et Tania Bruna-Rosso, préface de Patrick Eudeline.

*Les Destins brisés du rock*, par Bruno de Stabenrath, préface de Francis Zégut.

*Les Clodettes*, par Carole Plumelle, préface de Jean-Marie Périer.

*Polnareffmania, Hommage d'un fan à une icône,* par Christophe Lauga, préface de Yann Moix.

*Gay pride*, par Oliviero Toscani, préface de Jack Lang.

*Charles Trenet*, par Pierre-Jean Chalençon, dédicace de Jacques Higelin.

*Gainsbourg for ever*, par Franck Maubert.

*Goth*, par Patrick Eudeline, Isabelle Chelley, Marc Dufaud, Stéphanie Heuzé, Laurence Romance, Jean-Paul Bourre, Thierry F. « le boucanier », Aliz Tale.

*Mitterrand Ombres et Lumière*, par Éric Halphen.

*Jumeaux, la différence dans la ressemblance*, par Philippe Stoltz, préface de Michel Duyme.

*Baskets Culte*, par Véronique Bataille, photos de Rocco Toscani.

## LOVE BOOKS

**Des livres écrits par les femmes pour les femmes**

**présentés par Chloë des Lysses**

*Karnak story*, par Juliet Hastings - roman.

*Sex and the bureau*, par Juliet Hastings - roman.

*Le Kama sutra revu et corrigé par les filles* - beau livre / guide pratique.

*Sensuelles et sans suite, le manuel complet des rencontres sans lendemain,*
par Emily Dubberley - guide pratique.
*J'assume*, par Nina Roberts - document vécu.

## HORS COLLECTION

*48 heures au Lutetia,* par Philippe Besson, Claire Castillon,
Nicolas d'Estienne d'Orves, Éric Halphen, Franck Maubert, Jean-Marc Parisis,
François Simon, Bruno de Stabenrath - recueil de nouvelles.
*My beautiful egotrip, la bible du mannequin*, par Lysa Aëngel - guide.

Photographies (couverture et pages intérieures) : David BOUCHACOURT

Les lieux photographiés ne sont pas ceux décrits par l'auteur. Le photographe s'est librement inspiré de l'atmosphère du récit pour ce reportage artistique réalisé dans le XVIII$^{e}$ arrondissement de Paris.

Achevé d'imprimer par Corlet, Imprimeur, S.A. - 14110 Condé-sur-Noireau
N° d'Imprimeur : 88389 - Dépôt légal : novembre 2005 - *Imprimé en France*